1 2 살
행복한
달팽이

12살 행복한 달팽이

초판 1쇄 인쇄 _ 2019년 3월 1일
초판 1쇄 발행 _ 2019년 3월 10일

지은이 _ 전여진

펴낸곳 _ 바이북스
펴낸이 _ 윤옥초
책임편집 _ 김태윤
책임디자인 _ 이민영

ISBN _ 979-11-5877-083-9 04810
        979-11-5877-082-2 04810 (세트)

등록 _ 2005. 7. 12 | 제 313-2005-000148호

서울시 영등포구 선유로49길 23 아이에스비즈타워2차 1005호
편집 02)333-0812 | 마케팅 02)333-9918 | 팩스 02)333-9960
이메일 postmaster@bybooks.co.kr
홈페이지 www.bybooks.co.kr

책값은 뒤표지에 있습니다.

책으로 아름다운 세상을 만듭니다. — 바이북스

느려도 괜찮아, 나만의 속도로 세상을 배운다

12살
행복한
달팽이

글·그림 **전여진**

바이북스
ByBooks

두 가지의 꿈을 꿨다. 하나는 이런 꿈이다. 어떤 호텔에 갔다. 누구인지는 기억나지 않지만, 친구와 함께였다. 방에 가서 짐을 내려놓고 호텔 로비에서 누군가와 만나기로 했다. 친구와 나는 그 누군가를 만나기 위해 승강기를 타고 로비로 내려가려 했다. 호텔의 로비는 보통 L 혹은 1층이다. 로비의 앞글자를 따서 L로 부른다. 그런데 승강기 버튼에 있는 것은 3층부터 우리가 있는 층까지였다. 그러니까 로비와 1층, 2층이 없는 것이다.

'일단 3층까지 내려가면 뭔가 있겠지' 하는 생각에 우리는 3층을 눌렀다. 도착한 3층은 객실이 아니었다. 꼭 카페처럼 테이블이 놓여 있었다. 하지만 카페와는 달랐다. 불이 꺼져 있었다. 스산했다. 귀신이 나올 것만 같은 풍경이었다. 친구와 나, 둘 중 하나가 "그냥 포기하고 올라갈까?" 질문했고 둘 중 하나가 "가 보자. 여기까지 왔는데." 말했다.

한참 여기저기 돌아다니다 보니 승강기를 발견할 수 있었다. 우리가 누른 게 L이었는지 1층이었는지 기억나지 않는다. 도착한 곳은 기념품 가게 같은 곳이었다. 이것저것 둘러봤다. 꽤 넓었다. 뭔가 알게 모르게 무서웠지만 우리는 도망가지 않았다. 아니, 그럴 수 없었는지도 모른다.

4

기념품들을 구경하던 중 공장에서 대량생산된 조각상 같은 것이 눈에 들어왔다. 사고 싶은 생각은 없었지만, 가격이 얼마인지 궁금해졌다. 가격표를 보기 위해 조각상을 뒤집었다. 내 손의 반만 한, 작은 조각상은 6,000원이었다. 내 손의 1.5배 정도 되는 큰 조각상은 20,000원 정도였다. 참 비싸게 파네. 같은 생각을 하다가, 갑자기 끌어올려져 꿈에서 깨어났다.

밥을 먹는 중 엄마의 질문이 있었다.
"대구 미술관 갈 건데 같이 갈래?"
미술에 그렇게 흥미가 있는 편이 아니다.
"아니."
"아 됐다. 가지 마라. 학교 빠지고 가려고 했는데."
"엄마, 나 같이 갈래! 꼭 갈게!"
조퇴하고 가기로 약속했다. 학교에 도착한 나는 신나는 기분으로 선생님께 질문했다. 선생님께서는 조퇴 말고 체험학습 보고서를 쓰고 가라고 말씀하셨다. 그렇게 우리의 미술관 대장정이 시작된 것이다.
신기한 점은 이거다. 오늘 꿈에서 봤던 건, 예술 작품이 아닌 공장에서 찍어낸 물건들이었다. 하지만 나는 꿈에서 무언가를 구경했다. 혹시 예지몽이 아닐까? 우리의 대구행은 어젯밤부터 예정되어 있었던 운명이라는 것이다.

우리가 보러 가는 건 '간송 조선회화 명품전'이었다. 엄마께서는 몇 년 전 《간송 전형필》 책을 읽으신 후 간송 전형필이 모았던 작품들을 꼭 보고 싶어 하셨다. 하지만 매번 서울에서 열리고, 시간을 맞추기 힘들어서 보지 못했다. 그런데 그 전시를 대구에서 한다는 것이다. 대구와는 1시간에서 2시간 정도의 거리. 여러모로 좋은 기회라고 생각하신 엄마는 대구행을 결정하신 것이다. 나에게도 꼭 보여주고 싶으셨는지, 엄마는 합법적인 학교 빠지기를 선택했다.

학교에서 나오니 문자가 와 있었다.

"우리 딸, 기분 좋게 걸어와."

비가 조금씩 내리는 날, 다홍색 튼튼한 우산을 쓰고 걸어갔다. 이미 등교 시간이 지나 누구도 없는 거리에 나만이 역행했다. 학교로 가던 길을 역행해 집으로 가는 길. 일과를 거스르는 일은 재미있을 때가 많다.

엄마는 씻고 계셨다. 엄마가 나오신 후 우리는 마실 물과 이것저것을 챙기고 차에 올랐다. 엄마 차가 활약할 차례였다. 가끔 쿵쿵거려서 걱정되는 차지만 우리는 차에 올랐다. 500밀리리터 생수병 2개, 이것저것 담아 마시는 연보라색 뚜껑 물병에 커피 한 병. 물통을 차 여기저기에 꽂고 우리는 출발했다.

청도 무궁화 휴게소. 길을 가다 지친 우리가 잠시 들른 곳이다. 배고팠던 나는 메밀을 사 달라고 했다. 엄마는 육개장을 주문했다. 엄마는 주문번호가 693번이고 나는 692번인데 엄마가 시킨 게 먼저 나왔다. 메밀은 완전 비쌌다. 메밀 한 그릇에 새우튀김 조그만 것 하나 올려져 있는데 7,500원이었다.

청도 휴게소에는 먹을 게 많았다. 게살 든 고로케를 하나 사고, 크리스피 도넛도 두 개 샀다. 화장실도 갔다가, 먹을 것을 손에 들고 다시 출발이다. 달리고 달려서 대구 미술관에 도착했다. 일찍 왔는데도 사람이 많았다. 유치원에서 단체로 온 아이들도 있었다. 그래서인지 엄청 시끄러웠다.

간송 조선회화 명품전. 전시관에 들어가니 사람들이 가득했다. 미술관에 이렇게 사람이 많은 걸 처음 본다. 다들 집중해서 작품들을 관람하고 있었다. 반 정도 구경하니 지루해졌다. 엄마께서는 입장할 때 앞쪽에 있던 의자에 좀 앉아 있다 오라고 하셨다. 엄마는 정말 감동하셨지만 나는 잠만 왔다. 어젯밤 너무 늦게 잔 탓인가 보다.

어떻게든 엄마를 따라다니며 시간을 보냈다. 끝날 것 같지 않았던 전시도 끝이 났다. 출구가 보였다. 마치 미로에 갇혀서 길을 찾다가 겨우 출구를 찾은 기분이었다. 그림들 속에서 해방되는 짜릿함을 느끼며 밖으로 발을 내밀었다. 안내해 주시는 분께서

"퇴장하시면 재입장 불가하십니다."

말씀하셨지만, 다시 들어올 생각은 추호도 없었기에 뒤도 돌아보지 않고 나왔다.

미술관 입구 쪽에는 의자들이 늘어서 있다. 공원 벤치를 닮은 의자였다. 의자들 앞에는 큰 유리창이 있었다. 유리창으로 보이는 건 미술관의 조경들이었다. 조용하고 고요하다. 비가 주룩주룩 내린다. 비들도 미술관 관람 예절을 지키기 위해 조용히 하는 것 같았다. 물론 밖에서 비가 내리기에 못 듣는 거겠지만. 그때의 내게는 정말 그런 느낌이 들었다.

VR 체험관이 있었다. 체험비는 얼마인가 싶어서 들어가 봤다. 무료로 할 수 있는 체험이었다. VR 이야기는 들어 봤지만 실제로 접한 건 처음이었다. 고개를 위로도 올려 보고, 오른쪽으로도 돌려 보고, 왼쪽으로도 돌려 보고, 아래로도 돌려 봤다. 고개를 돌리면 시선이 바뀌었다. 내가 정말 영상 속에 있는 듯한 입체감이 들었다. 간송 전형필에 대한 설명과 유물들에 대한 영상이었다.

영상을 다 보았다. 처음 들어올 때 기계를 만지지 말라고 했다. 그래서 직원분을 불러야 하는데, 부르기가 머쓱하고 조금 부끄러웠다. 영상이 끝났다는 걸 알아챌 때까지 가만히 있을까? 하다가. 그럴 시간은 없으니 눈 질끈 감고 "저기요, 이거 끝났어요" 말했다. 직원분께서는 기계를 벗겨 주시고 "안녕히 가세요" 말씀하셨다.

2층에는 또 다른 전시가 있었다. 계단을 타고 올라가는데 계단이 왠지 무섭게 생겼다. 두 개의 전시관이 있었다. 아마도 독재 시절의 자유를 위한 투쟁을 표현한 듯한 전시가 있었다. 엄마는 그림들을 쌩쌩 지나쳤다.

"엄마, 1층에서 볼 때는 집중해서 보더니 왜 여기서는 그냥 지나쳐?"

"표정이 너무 슬퍼서. 우리의 슬픈 역사를 보는 게 너무 슬퍼서."

나는 이렇게 생각한다. 아픈 역사를 잊지 않아야, 다시 그런 일이 되풀이되지 않는다고. 슬픈 역사, 아픈 역사, 기쁜 역사 모두 소중하다. 역사를 품에 안고 아픈 역사가 되풀이되지 않도록 하는 일에 전력을 다해야 한다. 엄마와 내 생각은 조금 다른 것 같았다.

학교를 빠지고 미술관에 가면서 많은 것을 느꼈다. 엄마와 나는 많은 것을 느낀 전시관이 서로 달랐다. 엄마는 간송 조선회화 명품전에서 무언가를 생각했다. 나는 그 위의 전시관에서 아픈 역사를 되풀이되지 않도록 내가 무엇을 해야 하는지 생각했다. 같은 작품을 봐도 느낌이 다르고, 생각도 다르다. 기억에 남는 작품도 각자다르다. 우리는 다르게 살아가는 생물이다. 나와 엄마가 다르듯이. 쌍둥이라고 해도 각자의 생각은 다르다. 그렇기에 내가 느낀 것이 독자가 느낀 것과 다를 수 있다. 이해해주셨으면 좋겠다. 우리는 원래 다른 생물이니까.

우리는 다름을 인정하면서 한 발짝 더 앞으로 나갈 수 있다. 그렇기에 배울 수 있다. 지금부터 내 배움이야기를 시작하고자 한다. 일상과 배움. 이게 바로 이 책의 전부다.

차례

1장

내가
사랑하는
것들

길고양이와 사랑과 헤어짐

내가 제일 좋아하는 동물은 고양이이다. 그 사실은 길고양이를 만났을 때부터 지금까지 변하지 않았다. 처음으로 길고양이를 마음속에 들여놓은 것은 4학년 초여름이었다. 2016년의 초여름은 그렇게 덥지 않았다. 친구와 함께 걸어가던 중 고양이를 보게 되었다. 친구와 나 그리고 처음 보는 여자아이 한 명이 있었는데 그 여자아이는 고양이 이름이 '진진'이며 길고양이라고 소개했다.

사실 이 만남이 길고양이와의 첫 만남은 아니었다. 아마 3학년 때였을 것이다. 아빠와 함께 재활용 분리수거장에 쓰레기를 버리러 나갔는데, 어슬렁거리는 고양이를 보게 되었다. 길고양이치고 무늬가 특이했다. 꼭 표범이나 벵갈 고양이 같은 무늬였다. 그 고양이에게 '감자'라고 이름을 지어 주곤 다시 만나길 기다렸다. 하지만 감자를 다시 볼 수 없었다. 그 고양이의 반려인이 고양이를 데려갔기를.

다시 4학년 초여름으로 돌아 가겠다. 우리가 만난 고양이는 둘이었는데, 하나는 갈색 치즈 태비 고양이이고, 하나는 흰색 바탕에 검은색과 갈색의 무늬가 있는 삼색 고양이였다. 이름이 '진진'이라고 소개받은 고양이는 갈색 고양이였고, 삼색 고양이는 이름이 없었다.

친구와 나는 다음날에 다시 고양이를 발견했던 장소에 가 보았다. 혹시 있을지도 모른다는 기대감 때문이었을 것이다. 확률이 미미하다는 걸 알면서도 가 보고 싶었다. 할렐루야, 신에게 오백 번천 번 절하고 방방 점프하며 행복에 겨워 풀밭을 구르고 싶을 정도였다. 두 고양이는 그 자리에 그대로 있었다.

나와 친구는 고양이들과 친해지기 위한 작전을 시작했다. 토요일에 만났다. 친구는 참치캔과 참치캔을 담을 그릇을 가져왔다. 나는 우리 집에 있는 국물용 멸치를 꺼냈다. 국물용 멸치는 물에 넣어 염분을 뺐다. 친구가 가져온 그릇에다 참치 캔을 털어넣은 다음 물에 넣어두어서 염분을 뺀 국물용 멸치를 잘게 잘라 넣었다. 참치와 멸치가 잘 섞이도록 장갑을 끼고 섞었다. 좋았어. 고양이들과 친해지기 위한 비장의 무기가 전부 준비되었다.

준비된 것을 고양이가 사는 곳에 갖다 놓았다. 그런데 고양이가 나오지 않았다. 밑으로 들여다보니 고양이가 있는 건 확실했다. 우리가 있어서 못 먹는 건가 싶어서 고양이들이 보지 못할 곳에 숨어서 고양이들을 관찰했다. 먼저 갈색 고양이가 나오더니 삼색 고양이가 나왔다. 갈색 고양이는 행동 대장이었다. 항상 먼저 나와 먼저 탐색한 후 삼색 고양이를 불렀다. 갈색 고양이도 그렇게 크지 않은 걸 보아 자식과 엄마 고양이는 아닌 것 같았다. 그들은 친구인 것 같았다. 삼색 고양이가 조금 더 어렸기에 갈색 고양이는 항상 먼저 탐색하며 삼색 고양이를 안전하게 지켜 주었다. 우리는 잠시 관찰하다 집으로 들어갔다. 오후에는 비가 왔다. 하지만 다행스럽게도, 고양이들은 그것을 다 먹은 뒤였다.

친구와 나는 고양이들과 조금 더 친해질 수 있는 묘안을 생각했다. 우리는 쥐돌이 낚싯대 장난감을 사서 고양이들과 놀아 주기로 하였다. 다이소에 가서 2,000원짜리 장난감을 1,000원씩 나눠 샀다. 그리고 각자 하나씩 고양이 전용 연어 간식도 샀다. 다이소에서 돌아와선 곧바로 고양이들이 있는 곳으로 직행했다. "애들아~"하고 부르니 갈색 고양이부터 살금살금 나왔다. 낚싯대를 들고 놀아 주니 반응이 엄청났다. 쥐돌이를 잡기 위해 몸을 날리고, 점프하고, 기회를 보다 덮치고, 달렸다. 고양이들이 이렇게 날렵한 지 난생처음 알았다.

고양이 간식에는 조금 웃긴 이야기가 있다. 겨울이었던 것 같다.

고양이들에게 간식을 주었다. 삼색 고양이가 간식이 눈앞에 있는데 찾지 못해서 찾아 주려고 손을 내밀었다. 아차, 한순간이었다. 고양이가 발톱이 들어간 솜방망이로 나를 때렸다. 놀라웠다. 동시에 좀 슬프기도 했다. 너를 위해 간식을 찾아 주려고 했는데 나를 때리다니.

그해 여름부턴 수영을 배우러 다녔다. 여름부터 겨울까지 쭉 다니다 겨울 방학 때 그만뒀다. 5시에 출발해서 6시에 돌아왔다. 항상 배가 고팠다. 수영하고 돌아와서는 항상 고양이들에게 들렀다. 가을과 겨울의 중간이었다. 싸늘했다. 살을 에는 추위까지는 아니지만 차가운 바람이 얼굴을 때리고 지나가는 것 같았다. 고양이들의 온기가 필요했다. 그즈음 고양이들과 친해졌다. 내가 부르면 나왔다. 여전히 갈색 고양이부터였다. 갈색 고양이는 내 무릎에 앉아 고양이들이 기분이 좋을 때 내는 소리라는 '골골송'을 불렀다. 삼색 고양이는 갈색 고양이가 옆에 있으니 갈색 고양이와 떨어지긴 싫어서 내 주변을 배회했다. 아니, 내 주변이 아니라 갈색 고양이 주변이었다.

어느 때는 고양이들이 풀밭에 앉아 햇살을 받으며 따끈함을 즐기고 있었다. 소나무 밑에 누워 졸고 있었다. 갈색 고양이의 품에 삼색 고양이가 기대 있었다. 둘은 서로 털을 골라 주기도 하고, 함께 잠을 자기도 했다. 친구란 건 좋은 거라는 생각이 들었다. 친구의 소중함을 깨우칠 수 있는 시간이었다.

항상 서로 같이 있다. 서로가 다치지 않도록 나서서 상황을 살핀다. 괜찮은 것 같으면 항상 함께한다. 서로를 먼저 챙긴다. 그들은 친구였다. 물론 이해관계에 따른 협력 관계일 수도 있다. 하지만 내가 보고 있을 때 그들은 친구였다. 서로를 먼저 챙길 수 있는 친구가 있다는 게 대단했다.

고양이 똥 싸는 걸 처음 보았을 때가 있다. 갈색 고양이가 갑자기 아지트를 벗어났다. 고양이는 영역 동물이기 때문에 웬만해서는 자신의 구역을 떠나지 않는다. 무슨 일이지? 했다. 알고 보니 똥을 싸러 간 거였다. 고양이를 따라가 보니 흙이 물렁한 어느 곳으로 가더니 앞발로 땅을 파헤쳤다. 그리고 그 자리에 똥을 쌌다. 냄새가 구렸다. 무슨 냄새였냐고? 갓 싼 고양이 똥 냄새. 갈색 고양이는 흙으로 똥을 덮었다. 그런 뒤 아무 일도 없었다는 듯 유유히 아지트로 돌아갔다.

겨울이었다. 고양이들이 너무 추울 것 같다는 생각이 들었다. 친구와 나는 상자를 구해서 고양이 집을 만들기로 했다. 쓰레기 분리수거장 여러 군데를 돌며 택배 박스와 스티로폼 박스를 모았다. 그리곤 집으로 가져갔다. 고양이가 들어갈 수 있도록 입구를 만들고, 집 위에 고양이 집을 버리지 말아 달라는 편지를 쓰고, 집 안에다가는 고양이들이 조금이라도 따뜻하게 신문지를 찢어서 넣었다. 이불이나 옷을 넣으면 그게 얼면서 더 추울 수 있다는 말을 들어서였다. 우리가 만든 집을 갖다 놓았다.

결과는 어땠을까? 대성공이었다. 처음에는 집 놔두고 집 문 앞에서 잠을 잤다. '왜 저러지?' 궁금했다. 집이 있는데 왜 들어가지 않는 걸까. 어색했던 것 같다. 처음으로 보는 무언가가 있으니 위험하지 않은지 탐색할 시간도 필요했을 것이다. 안에 들어가면 밖보다는 따뜻하다는 것을 깨닫는 데도 시간이 필요했을 것이다. 다음날에 고양이들에게 가 보니 좋은 결과가 있었다. 고양이들을 부르자 집 안에서 나왔다. 내가 만든 집을 잘 써 줘서 고마웠다. 고양이들에게 선물을 준 것 같았다.

나쁜 일이 생겼다. 고양이들에게 집을 선물한 지 며칠 후였다. 비가 왔다. 나와 친구는 학교에서 고양이 집을 걱정했다. 젖는 건 아닐까? 누군가 버리는 건 아닐까? 젖은 고양이 집 때문에 누군가 고양이를 싫어하게 되면 어떻게 하지? 고양이가 해코지당하지는 않을까? 걱정들이 꼬리에 꼬리를 물고 생겨났다. 학교를 마친 우리는 고양이 집으로 뛰어갔다. 고양이 집은 전부 젖었다. 종이 상자로 만든 탓이었다. 비가 그친 후 고양이들에게 다시 가 보자, 어떤 아줌마가 고양이 집을 버리고 있었다. 고양이들에게 미안했다. 버린 건 내가 아니지만, 고양이들이 얼마나 슬퍼했을지 느껴졌기 때문이다.

돌보다 보니, 귀여운 고양이들 이야기를 많은 사람과 나누고 싶었다. 고양이 관련 밴드에 들어갔다. 가입한 후 이것저것 글을 올렸다. 고양이에게 참치캔을 준 이야기, 오늘은 고양이가 어쩌고 저쩌고. 고양이가 무릎에 앉아 있는 사진도 올렸다. 다른 사람의 길고양이 글을 보며 댓글도 달았다. 다른 사람의 반려묘 사진을 보며 '너무 귀여워' 행복 충전도 했다.

크리스마스 즈음에 특별한 선물을 받게 되었다. 모르는 번호로 전화가 왔다. 무슨 일이지? 알고 보니, 밴드에서 온 전화였다. 어린 학생이 고양이 챙겨 주는 게 대단하다고 사료 20kg을 보내준다는 것이었다. 사료가 택배로 집에 오자, 정말 영혼이 날아가는 느낌이었다. 너무 좋아서 신께, 보내주신 분께 감사 인사를 하려고, 그 후부터는 고양이들에게 사료를 주는 것을 올렸다. 고양이들에게 먹을 것을 줄 수 있어 행복했고, 감사했다.

서러운 일이 있었다. 밖에서 놀다가 생긴 일이었다. 집으로 들어가는 길에 고양이에게 들렀다. 내가 쪼그려 앉아 있는데 갑자기 갈색 고양이가 내 발목에 얼굴을 부볐다. 뭐하는 건지, 이상한 현상은 아닌지 고양이 관련 밴드에 글을 올렸다. 고양이가 뭔가 잘못된 게 아닌가 걱정되었다. 다행히도 걱정과는 다른 일이었다. 고양이가 하는 '내 꺼'라는 표현이라고. 그러니까 고양이에게 집사로 선택받았다는 것.

그 후로 갈색 고양이와 더더욱 친해졌다. 수영을 갔다가 집으로 돌아가는 날, 고양이가 집 앞까지 나를 따라왔다. 우리 집에 갈래? 물으니 애옹거리는 게 가고 싶다고 말하는 것 같았다. 고양이를 안고 집에 들어갔다. 당시 내 몸의 크기에 비해 고양이가 무거워서 축 쳐졌다. 고양이를 본 엄마는 놀랐다. 데리고 나가라고 했다. 엄마는 고양이를 무서워한다. 고양이가 불쌍했다. 고양이와 함께해 주고 싶었는데 그러지 못해서 속상했다.

그 후로 갈색 고양이의 가장 절친한 친구는 나였다. 우리는 대화를 나눌 수 없지만 그럼에도 서로를 이해했다. 지금 내 인생이 슬프다면, 사랑을 주고받을 대상을 찾아보는 게 어떨까. 그 대상은 생각보다 많다. 제일 가까이 있는 무언가에게 사랑을 줘 보자. 무엇을 좋아하는지, 어떻게 해야 하는지, 어떻게 하면 친해질 수 있는지 등등 책을 통해 알고 배우면서 점점 그에 대한 사랑이 솟아오른다. 인생이 힘들다면 한탄만 하는 것이 아니라 사랑할 대상을 찾자.

친구와 우정

정말로 좋아하는 친구 둘이 있다. 두 친구에게 어떤 말을 해도, 내 비밀을 말해도 누구에게 내 비밀을 이야기하지 않을 친구들이다. 믿을 수 있고, 힘들 때 함께 있으면 힘이 나고, 슬픔도 기쁨도 함께 나누는 친구들이다.

한 친구와는 유치원 때 만났다. 확실히 기억나는 것 하나는, 우리가 같은 반이었을 때 매일 이야기하며 같이 놀았다. 주말에는 서로의 집에 놀러 가기도 하고, 가끔씩 서로의 집에서 파자마 파티를 하기도 했다.

그 친구는 학원을 많이 다닌다. 사실 왜 그렇게 많이 다니는지 모르겠다. 요즘은 주말에만 만나서 놀고 있다. 주로 방학 때 자주 만나서 노는데, 항상 방학이 끝나기 전에 싸우고 그다음 방학이 시작되면 아무 일도 없었다는 듯이 재미있게 논다. 그렇다고 서로를 믿을 수 없는 사이는 아니다. 함께할 때는 누구보다 좋은 친구이고, 꼭 그때가 아니더라도 좋은 친구이다. 싸우더라도 시간이 지나면 풀리고, 자연스럽게 다시 친하게 지낼 수 있다. 괜히 오래 끌지 않는다.

원래대로였다면 방학이 끝나기 전에 싸우는 게 맞는 전개였겠지만, 이번 봄방학에는 조금 다른 전개가 있었다. 친구와 다이소에 가다가 조금 싸웠다. 그러나 이번에 다른 점이 하나 있었다. 나와 의견이 다르고 생각이 다르다고 속으로 친구에게 화를 내다 뛰쳐나가지 않았다. 대신 친구와 이야기했다. 이런 점 때문에 기분이 나쁘고 이런 점은 좋고 지금 이런 고민을 하고 있어서 힘든데 그것 때문에 너에게 이렇게 대했다는 것들. 결과적으로 우리는 싸우지 않았다. 대신 웃으면서 함께 초콜릿을 만들었다. 꽤 재미있고 즐거웠다. 무엇보다 큰 발전이었다. 친구와 싸우지 않고 이야기로 풀었다는 것 말이다.

이런 경험도 있었다. 2017년이었을 것이다. 당시 나는 식물 블로그를 운영하며 이웃들과 정을 나누고 있었다. 이웃분의 나눔에 당첨되어 꺾꽂이용 삽수 아이비 가지를 나눔 받게 되었다. 엄마가 어디선가 이상한 이야기를 듣고 와서는 덩굴식물은 집에서 키우면 안 된다며 갖다 버리라고 했다. 눈물이 났다. 버려서 슬픈 것보다는 보내 주신 분께 죄송했다. 여러 사람에게 나누고자 하는 마음에 보낸 것일 텐데 버려서. 밖에 버리고, 엄마가 호떡을 사 주셨다. 가

자니까 그냥 갔다. 놀랍게도 호떡과 어묵 같은 걸 파는 자동차 앞에서 친구를 만났다. 친구에게 그 얘기를 했더니 공감하며 들어 주었다. 고마웠다. 내 슬픔을 함께 나눠줘서. 그날 이런저런 이야기를 하면서 그동안 하지 못했던 이야기를 했다.

같이 고슴도치를 좋아했다. 아니, 지금도 좋아한다. 집에 있을 때 너무 외로워서 내 이야기를 들어 줄 동물이 있으면 좋겠다고 생각했다. 이것저것 알아보던 중 고슴도치를 키우는 건 어떨까 하는 생각을 하게 되었다. 이런저런 사진들을 찾아보다가 얼떨결에 고슴도치에게 반했다. 고슴도치는 귀엽고 사랑스러웠다. 사진만 보는데 고슴도치의 귀여움이 확 느껴졌다. 주말에 친구를 만나 고슴도치를 좋아하냐고 물어보았다. 그럭저럭. 대답은 이거였다. 고슴도치 사진을 이것저것 보여주었더니 친구도 고슴도치에 빠지게 되었다. 우리는 고슴도치 사진을 찾아보고, "귀여워!!"라는 감탄사를 내뱉었다. 고슴도치 관련 용품을 파는 사이트에 들어가서, 고슴도치를 키우게 된다면 어떤 용품들을 사고 싶은지 기나긴 리스트를 작성하는 놀이도 했다.

큰 변화가 있었다. 나는 돈을 모아 고슴도치 용품을 사고 고슴도치를 데려왔다. 사랑스럽고 귀여운 고슴도치는 나를 싫어했다. 밥을 주려고 손을 넣으면 '흥흥' 소리를 내며 가시를 세웠다. 설명하기는 좀 어려운 소리다. 바람 소리 같긴 한데 사람이 내기는 힘들 거 같은 소리. 게다가 소리가 꽤 크다. 고슴도치에게는 가시만 있는 게 아니라 무는 이빨도 있었다. 친해지면 가시를 세우지 않는 다는데, 몇 달 동안 고슴도치를 키웠지만 친해지지 못했다. 친구는 우리 집에 와서 고슴도치를 관찰했다. 귀엽다는 말을 연발하고, 고슴도치 사진을 찾아보며 난리를 쳤다.

그때 친구와 나는 같은 것을 좋아했다. 하지만 같은 것을 좋아하는 친구만 진짜 친구라는 것은 아니다. 서로 다른 것을 좋아하더라도 서로를 이해하고, 서로의 취향을 존중하는 친구가 진짜 친구다. 친구 사이에서 '취향 존중'은 꼭 필요하다.

두 번째 친구는 4학년 때 만났다. 친해지게 된 계기는 하굣길이었다. 혼자 걸어가기가 심심해서 지나가던 친구에게 같이 가자고 했고, 친구는 승낙했다. 그러다가 매일 하굣길에 같이 가는 친구로 발전했고, 자주 놀다가 점점 친해지게 되었다.

우리는 꽤 통하는 점이 많다. 고양이도 친구와 함께 발견했다. 처음 고양이를 발견한 것은 친구가 자주 가지 않던 길을 가 보자고 해서 가다가 고양이를 발견하게 된 것이다. 그날 이후로 우리가 가장 좋아하는 동물은 고양이가 되었다.

친구와 함께 있으면 꼭 고민을 말하지 않더라도 고민이 해결되고, 이 세상에 우리 둘밖에 없는 것처럼 서로에게만 집중하게 된다. 어느 날은 내가 고민을 말했더니, 위로와 멋진 말을 해 주었다. 그리곤 "내가 좀 멋지지?"라고 물었다.

그래. 멋지다. 친구를 위로 해주고, 함께 있는 것만으로도 치유되고, 서로가 서로에게 소중하다니 정말 멋지다. 멋진 사람은 멋진 사람을 알아본다는데, 넌 정말 멋지고 네가 멋진 걸 알아본 나도 정말 멋지다. 고마워. 멋진 친구야.

우리는 싸운 적이 그렇게 많지 않다. 한 번 싸운 적이 있었던 건 기억난다. 무슨 일이었는지는 모르겠지만 싸우고, 갈라져서 각자 갈 길을 갔다. 친구는 학원에 있었고 나는 집에 있었는데, 생각해보니 이렇게 놓치기에는 너무 소중한 친구라는 생각이 들었다. 친구 학원이 끝나고 만나기로 했다. 친구가 먼저 내게 사과했다. 먼저 말하진 못했지만, 서로의 이야기를 나눴다. 그 후로 우리는 조금 더 친해졌다.

친구라는 이유로 서로에게 상처를 줄 때가 가끔 있다. 나와 누군가가 친구라는 것은 서로를 더 존중하고 아껴야 한다는 이야기다. 친구라는 단어는, 서로의 선을 침범해도 된다는 암묵적인 허락은 아니다. 사이가 가깝다는 것은 소홀히 대해도 된다는 뜻이 아니다.

지금 이 글을 읽는 사람들이 이 사실만은 꼭 알았으면 한다. 그렇다면 마음 맞는 친구를 언젠가는 꼭 만나게 될 것이다.

미르와 퍼클이와 피요

5학년 때 고슴도치를 키웠다. 동물을 키우고 싶어져서 이것저것 알아보던 중 고슴도치를 알게 되고, 고슴도치의 귀여움에 빠져들게 되었다. 여기저기 알아보다가 용품을 마련하고 고슴도치를 데려오게 되었다.

고슴도치에게 미르라는 이름을 지어 주었다. 원래 이름은 철수였는데, 내가 생각해도 내 네이밍 센스는 좀 구리다. 철수 철수 했는데 이건 좀 아닌 거 같아서 순우리말 이름을 찾아보다가 미르로 바꿨다. 미르는 순우리말이고 용이라는 뜻이 있다. 용처럼 나를 지켜주고 나도 고슴도치를 지켜주겠다는 마음으로 지었다. 그러나 도찡도찡, 고슴이, 도치, 도치고슴, 미르찡 등등 이상한 걸로 많이 불렀다.

미르 용품은 중고나라 카페를 통해서 꽤 싸게 구했다. 어떤 분께서 용품을 나눔하셔서, 마침 30분 정도 거리에 사시는 분이라 그걸 받아 왔다. 25,000원 어치의 중고 물품도 샀다. 물품을 나눔하신 분과 25,000원에 중고 물품을 파신 분 둘 다 창원에 사시는 분이었다. 나는 창원 옆의 김해에 사는데 그리 멀지 않아서 다행이었다. 처음으로 중고 거래를 해 보면서 물건에 대한 소중함과 돈에 대한 감각, 자신에게 필요 없는 물건을 나누는 마음을 배울 수 있었다. 궁하면 통한다던데, 내가 가지고 있는 돈의 한도 내에서 용품을 구하기 위해 검색도 해 보고 애를 많이 썼었다. 지금 이 기회를 빌려 두 분께 감사하다는 말을 드리고 싶다.

미르와 쉽게 친해지지 못했다. 고슴도치는 무언가 위협할 때 흥하는 바람 소리를 내면서 가시를 세운다. 처음에 데려왔을 때는 그게 무서워서 아무것도 못 했는데, 2주일 정도 지나니까 별로 무섭지 않았다. 고슴도치와 친해지면 가시를 세우지 않는다고 하는데, 한 달 정도 키웠는데 한 번도 친해지지 못했다. 미르는 언제나 흥흥거리고 가시를 세웠다.

게다가 고슴도치는 야행성이라 얼굴 보기도 힘들었다. 밤 9시 정도 되면 비로소 미르가 잠에서 깨서 활동하기 시작한다. 물론 방의 불이 다 꺼져 있을 때만. 미르를 보기 위해서 미르가 있는 방의 문을 열어두고 미르가 있는 방의 불을 다 끄고 관찰한 적도 있다. 불이 꺼진 방 안에서 엎드린 채로 고슴도치를 들여다보고 있었다. 지금 생각하면 나 자신이 좀 불쌍하다.

고슴도치는 끝까지 나와 친해지지 않았다. 고슴도치를 다른 집에 분양 보내기로 했다. 인터넷으로 데려갈 분을 찾았다. 어떤 여자아이가 아빠와 손을 잡고 고슴도치를 데리러 왔다. 기대감에 가득 차 있는 것도, 설명을 경청하는 것도, 아이가 원해서 고슴도치를 키우기로 한 것도 나와 똑같았다. 데자뷰가 느껴졌다.

미르를 다른 집에 보내기 바로 전날, 미르가 은신처 안에 숨어 있다가 은신처 바깥으로 물을 마시러 나왔다.

"어이구 어이구 우리 고슴이 물 마시러 나와쩌? 아구구 예뻐라, 물이 먹고 싶었쩌요?"

평소처럼 고슴도치에게 말하는데 갑자기 눈물이 났다. 이제는 우리 집에서 고슴도치 냄새가 안 나겠지. 매일 고슴도치 집 청소를 하지 않아도 되겠지라고 생각했는데 진짜 간다고 생각하니 눈물이 났다. 울려고 하지 않았는데 눈물이 눈앞을 가렸다. 울지 않을 거라고 예상했는데 눈물이 났다.

다음으로 키우게 된 것은 앵무새이다. 처음으로 데려온 앵무새는 어떤 각도에서 보면 하늘색, 어떤 각도에서 보면 상아색이었다. 털색이 굉장히 신기하고 예뻤다. 앵무새에게 퍼클이라는 이름을 지어주었다. 퍼클이는 퍼스트 클래스의 줄임말인데, 음… 퍼스트 클래스가 타고 싶었다. 다시 말하지만 나는 네이밍 센스가 엄청 구리다.

매일매일 퍼클이와 눈을 맞추고 퍼클이와 놀았다. 그랬기에 빨리 친해질 수 있었던 것 같다. 퍼클이와 친해진 후로는 퍼클이가 나를 따라다녔다. 내가 퍼클이를 거실에 놔두고 주방에서 뭔갈 했는데 소리가 들려서 돌아보니 퍼클이가 주방까지 나를 찾아온 것이었다. 퍼클이가 나를 따라다니는 게 신기해서 이번엔 소파 뒤에 숨었다. 시간은 좀 걸렸지만 결국 나를 찾아왔다. 가끔 심심할 때 숨바꼭질도 했다.

계속될 줄 알았던 인연은 예상치 못한 곳에서 끝나게 되었다. 퍼클이에게 물고기를 구경시켜 주려고 어항을 보여줬는데 퍼클이가 발을 헛디뎌서 어항에 빠졌다. 급하게 몸을 닦아 주고 드라이기로 말려 줬지만 결국 퍼클이는 죽었다. 눈물이 저절로 흘러내렸다. 멈출 수가 없었다. 그냥 순간에 후두둑 눈물방울이 떨어졌다. 인정할 수가 없는데 인정하지 않을 수가 없다. 퍼클이는 마지막 순간에 눈물을 흘리더니 목을 내밀었다. 죽음이 찾아온 순간이었다. 마지막 순간을 직접 봤다. 그런데도 믿을 수가 없었다. 옆에 두면 살아날 것만 같았다. 퍼클이를 묻어주고 오면 퍼클이의 죽음을 인정하는 거 같았다. 인정하고 싶지 않았다. 살아날 거라고 믿고 싶었다. 마지막에 눈물 같은 걸 흘리고 간 게 너무 가슴이 아팠다. 죽은 퍼클이의 몸을 계속 쓰다듬었다. 퍼클이의 따뜻함과 온기가 사라졌다. 하지만 죽었다는 것을 인정할 수 없었다.

후회가 몰려왔다. 이렇게 빨리 죽을 줄 알았다면 기록이라도 남겨둘걸. 이렇게 예고 없이 가 버릴 걸 알았다면 사진이라도 많이 남겨둘걸. 이렇게 허망할 줄 알았더라면 더 사랑할걸.

나 때문에 죽은 것 같았다. 내가 퍼클이를 잘 안 말려 줘서, 내가 퍼클이한테 괜히 어항 보여 준다고 물에 빠트려서, 내가 퍼클이를 소중하게 생각하지 않아서, 내가 퍼클이를 장난감처럼 생각해서 죽은 거 같았다.

그후에도 몇 번 퍼클이 이야기가 나오면 울고 싶었다. 몇 번 울기도 했다. 지금은 울지 않는다. 내가 퍼클이를 기억하는 한 영원히 내 마음속에 살고 있을 것이다. 아무도 퍼클이를 기억하지 않아도 나만은 기억할 것이다.

다음으로 키우게 된 새는 피요였다. 피요는 털 무늬가 굉장히 특이하다. 머리 부분은 노란색 바탕에 얇은 검은색 가로 줄무늬, 날개는 노란색 바탕에 검은색 v자가 가득 찬 무늬, 몸통은 파스텔 톤의 연두색(절대로 쨍한 연두색이 아니다!), 꼬리깃 부분은 파란색도 보이고 노란색도 보이고 파스텔 톤의 연두색도 보이고 회색도 살짝 보인다.

피요와 같이 지낸 지는 한 달 정도 되었는데 아직 그렇게 많이 친해지지는 못 했다. 이 글을 쓰는 중에 피요는 지금 내 책상 옆 틀어지지 않은 선풍기 위에 올라타서 놀고 있다. 가만히 있는데 너무 귀엽다. 쓰다듬어 주고 싶다.

피요라는 이름은 딱히 뜻은 없다. 여기저기 검색하다가 이름 추천을 보고 지어 준 이름이다. 뭐, 이름 자체에 큰 뜻이 있지 않아도 불러주다 보면 사랑하는 마음이 깃들어서 무엇보다 특별한 이름이 될 것이다.

피요 이름은 내가 가입한 카페에 이름을 추천받아 지었다. 원래 조금 이상한 이름을 붙이는 사람이라 피요는 부르기가 조금 어색했다. 계속 부르다 보니 익숙해졌다. 평소에 독특한 이름이나 내가 엄청나게 빠져 있는 분야와 관련해서 이름을 지어 주는 편.

이 글을 보고 있는 당신이 동물을 키우고 있거나 키울 생각이라면, 언제라도 떠날 수 있음을 염두에 두고 하루하루를 행복하게 지냈으면 한다. 가까이 있는 것이 가장 소중한데 사람들은 가까이 있는 것의 소중함을 모른다. 가까이 있는 것을 소홀히 했다 후회하지 않길 바란다. 동물이든, 아니면 그 외의 무엇이든.

2장

도전과
경험

학생회장 선거

4학년 때 전교 부회장 선거에 출마했다. 스스로 '당연히 나갈 거야'라는 생각을 하고 있어서 결정이 쉬웠다. 후보 등록을 한 뒤 후보자들 모이는 시간이 있었다. 우리 학교 애들이 특별히 도전정신이 강한 건지, 자그마치 11명이 후보로 출마했다. 대단하다는 생각이 들었다.

선거 벽보와 피켓을 만들어야 했다. 재료를 사 와서 엄마와 함께 만들었다. 인쇄하다 무언가를 잘못 눌러서 실수했다. 엄마가 자꾸 짜증을 냈다. 천천히 만들면 되는데 잘 안 되니까 짜증이 났나 보다. 나는 엄마가 내 걸 예쁘게 만들어 주지 않아도 괜찮은데. 예쁘게 만들어 주고 싶었는데 잘 안 돼서 그랬나 보다. 벽보에 넣을 사진도 찍고, 글자에 사용할 폰트도 찾았다. 엄마께서는 피곤하다고 빨리 자라고 했다. 내 건데 엄마께 맡기기는 미안했다. 엄마는 빨리 가서 자라고 소리를 질렀다. 자고 일어나 보니 꽤 마음에 들게 잘 만들어져 있었다.

남아 있는 시간 동안은 연설문을 준비했다. 한창 《린치핀》을 읽는 중이었던 시기라서 린치핀 책의 내용을 바탕으로 연설문을 썼다. 린치핀의 내용을 한 문장으로 요약하자면, "대체할 수 없는 사람이 되어라"이다. '대체할 수 없는 사람'을 린치핀이라고 부른다. 다른 사람들에게 새로운 단어이고, 또 새로운 소재라서 잘 먹혀들 것 같다는 생각이 들었다.

하지만 그것은 오산이었다. 처음 보는 단어이고, 익숙하지 않았던지 잘 먹혀들지 않았다. 이해가 안 된다는 사람도 있었다. 여기에서 한 가지를 깨달았다. 글은 무조건 쉽게 써야 한다는 것. 괜히 어려운 말로 내 실력, 내 지식을 보여주려다가 훅 갈 수 있다는 것이다. 글은 글쓴이의 국어 실력을 보여주려고 쓰는 것이 아니다. 전하고 싶은 무언가를 전하기 위해 쓰는 것이다. 글이 아무리 쉽더라도 전하고 싶은 것이 확실하면 울림을 준다.

선거 운동도 하고 다녔다. 선거 운동을 도와줄 선거 운동원은 3명이었다. 한번 해 보면 잘 할 수 있지만, 처음에는 굉장히 부끄럽다. 처음 한 번을 외치는 게 어렵다. 부끄러울 수 있고, 쪽팔릴 수도 있는 일이다. 그런데도 나를 도와준 친구들에게 너무 감사하다.

처음에는 내 기호와 이름을 외치고 다니려니 지나가는 애들 다 나를 쳐다보는 것 같고 얼굴이 저절로 빨개지는 것 같고 체온이 확 높아지는 것 같았다. 용기를 내서 5분 정도 해 보니 그런 일들은 훨씬 적어졌다. 역시 하면 된다. 용기가 생기는 데는 동질감도 있었던 것 같다. 나 외에 다른 후보들과 선거 운동원들, 그들 역시 자신의 기호와 이름을 외치고 있었다. 쟤도 하는데 내가 못 할 이유가 무엇인가? 자신감이 생겼다. 사람들은 무리 안에 소속되었다는 느낌이 들 때 안정감을 얻는다.

한 번 관련된 경험을 해 본 적이 있어서일까. 지방선거 시즌에 후보들이 자신을 홍보하는 노래를 부르고 다니는 게 굉장히 신박했다. 당시에는 내 기호와 이름만 외치고 다녔는데, 지금 와서 보니 노래 하나 만들어서 부르고 다녔으면 꽤 기억에 남았을 것 같다. 선거철에 나오는 노래들 잘 메모해 뒀다가 쓸 데 있으면 써먹어야지. 역시 뭐든 기록으로 남기고, 메모하는 게 좋다. 언제가 되었든 쓸 데는 있다. 인상 깊었던 건 이거였다.

"우리 모두 다 같이 OOO 뽑!자!"

당선되지는 못했다. 하지만 여러 사람 앞에서 나를 홍보하고, 조금 쪽팔리는 짓도 해 본 경험이 꽤 도움이 되었다. 이를테면 학교에서 발표할 때. 발표도 사람들에게 전하고자 하는 내용을 전하는 일이다. 선거 운동은 그 전하고자 하는 내용이 '저를 뽑아 주세요'다. 경험해 봤기에 자신 있고 당당하게 발표할 수 있게 되었다. 경험은 쌓으면 쌓을수록 나를 돕게 된다. 시간이 있을 때 여러 일에 도전해 보는 것이 좋다.

그후로, 5학년 때 다시 회장 선거에 나갔다. 사실 나가고 싶은 마음 반 나가기 싫은 마음 반이었
다. 친구들이 한번 나가 보라고
해서 나가게 되었다. 결심했을
때는 후보 등록 서류를 제출해
야 하는 시간이 딱 2시간 남아
있었다. 시간이 촉박했다. 부랴
부랴 서류를 챙겨서 제출했다.
깊게 생각하지 않고 무작정 나
가게 되었다.

　나간다고 나가긴 했는데 걱정이 이만저만이 아니었다. 시간은
장난치기를 좋아해서, 천천히 가길 바라면 치타가 달리듯 빨리 달
리고 빨리 가길 바라면 땅속의 굼벵이마냥 느리게 간다. 기권하고
싶은데 그럴 수도 없다. 뒤로 후퇴할 수도 없고 앞으로 나갈 수도
없는데 제자리에 있을 수도 없게 만든다. 존재 자체가 뿅 사라지
고 싶었다. 매일 눈을 뜰 때마다 이것이 꿈인지 아닌지 확인했다.
매일 밤이 오면 잠을 자기가 싫었다. 잠을 자면 내일이 오니까. 꿈
에 들면 깨고 싶지 않았다. 영원히 깨지 않는 꿈속에서 머물러 있
고 싶었다.

　펑펑 울었다. 눈물이 얼굴을 적셨다. 엄마한테 전화해서 이거 못
하겠다고 기권할 거라고 말했다. 기권하고 싶었는데 선생님한테 그
렇게 말할 용기는 없었다. 그래도 어떻게 연설문을 쓰긴 썼다. 연설

문을 3개 정도 썼는데 가장 낫다고 생각되는 것을 골랐다. '소통하는 학교 만들기'였다. 소통하는 분위기를 만들고 학생들의 이야기를 듣겠다고 했다.

드디어 결전의 날이다. 다른 후보가 발표하는 것을 봤는데, 발표가 중간쯤에 접어들자 이 후보의 당선을 직감했다. 내가 사람 보는 직감은 굉장히 잘 들어맞는다. 공약도 좋았고, 예시와 인용을 적절하게 인용해서 이야기를 재미있게 만들었다. 사람들이 가장 좋아하는 것은 이야기다. 당연히 그 후보 말을 듣고 싶어질 수밖에.

예상했던 결과대로 그 후보가 전교 회장이 되었다. 당선되지 못하면 슬플 것 같았다. 그렇게 슬프지 않았다. 일단 회장 선거가 끝났다는 것만으로 기쁘고, 내가 '이 후보 정말 대단하다'라고 생각했던 후보가 회장이 되었기 때문이다. 또 내가 전교 회장이 되지 않아도 소통하는 학교를 만들 방법은 얼마든지 있다. 봉사위원이 되어서 전교 어린이 회의 때 관련된 의견을 건의하는 방법도 있고, 내가 먼저 친구들의 이야기를 들어주면 그 친구들도 다른 친구들의 이야기를 들어주면서 저절로 소통하는 학교가 만들어질 것이기 때문이다.

도전은 내가 생각했던 것만큼 재미있거나 쉽지 않았다. 아니 오히려 그 반대였다고 할 수 있다. 한 단계 한 단계가 고역이었고 매번 포기하고 싶었다. 그렇지만 나는 계속 도전하고, 계속 실패할 것이다. 실패하다 보면 성공할 때도 오고, 매번 성공만 할 수는 없기 때문이다.

전교 회장 선거에 도전한 경험은 나에게 이런 것들을 가져다주었다. 포기하지 않다 보면 그 일은 끝나게 되어 있다. 포기하지 않다 보면, 실패는 있어도 그 실패들이 쌓여서 언젠가 성공을 가져다준다. 실패를 두려워하지 말고 도전하라. 시간은 절대로 내가 원하는 대로 움직여주지 않는다. 하지만, 내가 시간을 따라 움직여서도 안 된다. 시간에 쫓기지 않을 것이다. 시간이 흘러가면 그것은 시간이 흘러가는 것이고 내 경험들이 모이고 쌓여서 흘러가면 내가 흘러가는 것이다. 시간의 흐름과 나의 흐름은 절대로 같을 수 없으며 같아지려고 할 필요도 없다. 시간을 따라가기 시작하는 순간 시간과 타협하게 된다. 시간이 많이 남았으니 나중에 해도 된다는 생각은 버려라. 내가 흐르는 대로 매일을 지속하지 않으면 시간이 흐르는 대로 살게 된다.

과학 탐구 실험 대회

6학년 때 과학 탐구 실험 대회에 나갔었다. 처음에는 하고 싶다는 생각조차 없었는데 선생님께서
" 과학 대회 나갈 사람? "
하고 말씀하셨을 때부터 관심이 생겼다. 4학년 때도 5학년 때도 어려울 거 같다는 생각에 도전하려는 생각은 한 번도 해 본 적이 없다. 초등학생의 신분으로 나갈 기회는 이번 한 번뿐인 것 같아서 도전했다. 선생님께서는 교실 앞쪽의 전자칠판에 참여자 명단을 띄워 놓고 대회에 나가는 아이들의 이름을 적어넣으셨다. 내 이름이 들어가는 것을 보니 별 것 아닌데도 얼굴에 잔잔한 웃음이 퍼졌다.

과학 대회에는 여러 가지 부문이 있었다. 그중 '탐구 실험' 부문에 도전했다. 왜 탐구 실험이냐고? 실험 대회는 초등학교에서 6학년밖에 나갈 수 없다. 더 큰 이유는 《내일은 실험왕》이라는 만화책을 정말로 좋아해서였다. 실험하고, 대회에 출전하며 이런저런 일

들을 겪으며 점점 성장해 나가는 주인공들의 모습이 멋졌다. 인생에 실제로 적용하면 도움이 될 것 같은 좋은 대사도 많았다. 가장 큰 이유는《내일은 실험왕》에서 내가 가장 좋아하는 캐릭터인 강원소가 잘생겼다. 게다가 과학 천재라 너무 멋있다. 강원소처럼 멋지게 실험을 하고 싶었다. 실험 대회라는 건 한 번도 나가 본 적이 없는데 무척 재미있을 것 같았다. 그래서 홧김에 질러버렸다.

과학 관련 책도 읽고 실험도 몇 번 해 보고 만반의 준비를 하려고 했다. 그런데 손가락 한 마디도 까닥하기 싫어져서 과학 관련 책은 펼쳐보지도 않았다. 이번에 망하면 다음 번에 다시 도전하면 되고, 애초에 공부를 하지도 않고 한 번에 붙기를 바라는 건 너무 야망이 크다고 생각했다.

별 생각 없이 교내 대표를 뽑는 대회장에 들어갔는데 똥이 싸고 싶었다. 배가 아팠다. 좀이 쑤시고 앉아 있질 못하겠다. 문제지를 받았는데 너무 쉬웠다. 핵심이 바로 보였다. 이건 이렇게 저건 저렇게! 대충 "300g의 설탕을 전부 녹이려면 얼마만큼의 물이 필요한지 알아볼 수 있는 실험을 계획하시오"였는데 여기서 핵심은 준비물에 적혀 있는 설탕은 100g였다. 다른 친구들은 파악을 못한 거 같은데 나만 보자마자 바로 알아냈다. 잘 될 거라고 확신했다. 나만 알고 싶었는데 선생님께서 이걸 말해주셨다. 에잇.

문제를 본 순간 똥을 싸고 싶은 마음도 없어지고 배도 아프지 않았다. 본질을 간파했기 때문이다. 저절로 미소가 떠올랐다. 머리에서 누군가가 말을 하고 내 손은 그걸 받아 적기만 하면 되었다. 애써 궁리하지 않아도 머리가 스스로 답을 찾고 손이 그걸 썼다. 이쯤 되면 실험 천재가 아닌가 자화자찬을 하고 있던 때였다. 대회에 나온, 다른 반의 친구가

"선생님, 저 실험 준비물에 있는 설탕 먹어도 돼요?"

그거 꽤 괜찮은 생각이네. 너무 달 거 같긴 하지만, 조금은 괜찮을 거 같다. 한 숟가락 받아먹었다. 달콤한 맛에 절로 힘이 났다.

결과가 나왔고, 예상대로 내가 학교 대표로 대회에 나가게 되었다. 남자아이 한 명과 같이 나가게 되었는데, 하필이면 정말 어색한 애였다. 시 대회에 나가기 위해서 연습을 했다. 첫 연습 날, 걔를 보는데 정말 어색해서 한마디도 못 할 것 같았다. 선생님 질문에 머리를 쥐어짜서 최대한 대답해보았다. 어찌나 멍청한 말들만 하는지 내 입을 한 대 콱 때려주고 싶었다.

선생님께서는 공부할 때 도움이 되라고 3학년부터 6학년까지의 과학 수업 내용 정리를 전부 모아서 주셨다. 선생님께는 죄송한 말씀이지만 받은 후로 한 번도 펼쳐보지 않았다. 두께가 내 검지 손가락 기준으로 한 마디 하고도

반 정도였다. 이렇게 많은 내용을 공부했다니, 이 땅의 모든 초등학생이 대단하다는 생각이 들었다. 물론 나 포함해서.

1주일에 2번씩 선생님, 같이 나가는 남자애랑 모여서 공부를 했다. 어떤 날은 그걸 까먹고 친구와 약속을 잡아버려서 곤란했다. 선생님께서는 예정된 것보다 더 빨리 그날의 공부를 끝내셨다. 같이 나가는 애는 시간이 없어서 겨우 날짜를 잡았다는데, 미안한 마음이 들었다.

선생님이 실험 과제를 주고 나와 남자애가 같이 생각해서 실험을 계획하고 실행하는 걸 한 번 정도 했다. 총체적 난국이었다. 같이 무언가 이야기를 하고 써야 하는데 아무 생각 없이 바로 쓰기 시작해 버리고 나는 말도 못 꺼냈다. 서로 한 장씩 나눠서 쓰기로 했는데 둘이서 똑같은 부분을 쓰기도 했다. 너무 어색해서 실험에 집중할 수가 없었다. 뭔가 가능할까?

공부를 끝내고 집에 걸어갈 때면 내 옆에 아무도 없었다. 보통 하교 시간에서 한 시간 정도 비켜나간 늦은 시간이라 그런 것 같다. 같이 걷는 사람은 아무도 없이 오로지 차들만 쌩쌩거리며 달려 다닌다. 차들이 가득한 곳에서 나 혼자 걷고 있자니 혼자 있다는 느낌이 더 강해졌다. 무수히 많은 사람 사이에서 혼자인 게 혼자 사이에서 혼자인 것보다 더 외롭다고 하지 않는가. 학교에서 집으로 걸어갈 때면 차를 타고 가는 것보다 시간이 많이 걸린다. 그 많은 시간을 어떡하지? 할 수 있을까? 같은 부정적인 질문들로 가득 채웠다. 그 시간에 이런 질문을 했으면 좋았을 것 같다. 어떻게 하면 잘 할 수 있을까? '왜'가 아니라 '어떻게' 창조적인 질문의 시작은 바로 이것이다.

시간은 흐르고 흘러서 시 대회의 날이었다. 대회장은 이름을 몇 번 들어본 학교였다. 학교 입구에는 말 동상 같은 게 있었다. 2층으로 올라가면 대회를 치를 대회실이 있다. 책상에는 학교 이름이 붙어 있고 자기 학교 이름이 붙어 있는 책상에 앉아야 한다. 주변을 둘러보았다. 아는 사람이 있나 없나. 있을 리가 없지. 내심 있기를 바랐을지도 모른다. 망망대해에 나 말고도 항해하는 배가 있다는 사실을 알고 싶었다.

대회는 그야말로 총체적 난국이었다. 문제가 나왔는데, 문제의 핵심은 하나도 모르겠고 실험을 했을 때 어떤 반응이 일어나는지도 모르겠다. 마개가 있는 주사기에 콜라를 담고 피스톤을 눌러서 주사기 안에 있는 콜라의 변화를 살펴보라는데, 아무리 해 봐도 반응이 없는 것 같았다. 설상가상으로 남자애가 생각하는 실험 방식이 내가 생각하는 실험 방식과 달랐다.

결론에는 아무것도 쓰지 못하고 나왔다. 이걸 통해서 어떻게 추측하고 어떤 결론을 내려야 하는지도 모르겠다. 이 실험을 하면 무언가 반응이 생기긴 하는 건지 궁금했다. 이 실험의 결과를 통해 어떤 것을 알 수 있고 어떻게 결론을 내려야 하는지, 문제에서 제시한 상황과 이 실험의 결과가 어떤 관련이 있는지 궁금했다. 하지만 나는 알 수 없었고 알려줄 사람도 없었다.

실험을 끝내고 나왔는데 비가 왔다. 그것도 아주 주룩주룩 왔다. 나는 아무 생각 없이 얇은 옷에 조끼를 입고 왔다. 바람이 불어닥쳤다. 몸이 덜덜 떨렸다. 분명 끝나면 선생님이 데리러 오신다고 했는데, 왜 안 오는 건지. 춥고 비가 왔다. 한 시간째 아무도 데리러 오지 않았다. 대회가 열린 학교의 현관에 앉아서 기다렸다. 조금이라도 바람을 덜 맞을 수 있는 자리라고 생각하는 곳에 앉았다. 금방 올 것 같았는데 전혀 금방 오지 않았다. 한 시간을 기다렸다.

드디어 선생님이 왔다. 차를 타고 우리 동네로 돌아갔다. 밥으로 햄버거를 하나씩 사 주셨다. 대회의 결과는 당연히 망했다는 걸 직감했다. 하지만 대회가 드디어 끝났다는 것에 다행이란 생각도 들었다.

어떨 때, 사람은 무작정 도전하기도 한다. 실패를 맛보기도 한다. 그러면 어떤가. 실패하더라도 즐거운 추억이다. 실패가 쌓여 내공이 된다. 이번에 배운 게 있다. 아무리 이건 아닌 것 같아도 끝까지 하자는 것. 말도 안 되는 소리를 쓰더라도 생각나는 대로 결론을 적었다면 잘 됐을지도 모른다. 모르겠다고 포기하지 말고 아는 만큼 적어 보자는 거다. 시작했으면 끝까지는 달려 보는 거다. 중도에 포기하기 없는 거다. 이게 이번 도전으로부터 배운 교훈이다.

살면서 도전했다가 끝을 맺지 못하고 포기한 일이 몇 번인가. 이 제부터는 끝맺는 사람이 되고 싶다.

글쓰기 작가 되기

엄마는 혼자 책을 읽다가 이은대 작가님을 만났다. 엄마는 작가님의 수업을 듣고 2달 만에 책 한 권의 초고를 완성했다. 투고하다가 좋은 출판사를 만나서 계약도 했다. 지금은 원고 수정 중. 엄마가 한 가지 제안을 했다. 너도 이은대 작가님 수업을 들어보라는. 그렇게 시작하게 되었다. 글쓰기.

매일 2.5페이지 분량의 글을 쓴다. 별 것 아닌 일 같지만, 생각보다 힘들다. 글쓰기, 나한테 잘 맞는 것 같다. 3일 이상 꾸준히 무언가를 하기가 힘들었는데 지금은 거의 10일 정도 된 것 같다. 여기까지 왔다는 건 더 써나갈 수 있다는 이야기다.

글쓰기는 과거를 돌아볼 수 있게 해준다. 이은대 작가님께 주제를 받고, 그 주제에 따라 하루 2.5페이지 분량씩 글을 쓴다. 쓰다 보면 쓸 이야기가 넘쳐나는 주제도 있고, 머리를 짜내서 생각해야 하

는 주제도 있다. 그 일에 대해 한 번 더 생각해 봄으로써 잊혀 가는 기억을 되살릴 수도 있다. 과거의 경험들로부터 조언을 얻어 현재 하려는 일에 대해서 더 좋은 방향으로 결론을 내릴 수 있다.

미래를 만들 수 있게도 해 준다. 글쓰기를 통해 현재와 과거의 경험을 떠올리게 되고, 그것을 통해 앞으로 어떻게 해야 할지 생각하게 된다. 더 좋은 방향으로 나아갈 수 있도록 알려주는 이정표인 것이다. 예를 들어서, 저번 꼭지에서는 도전했다면 끝까지 밀고 나가는 것을 배웠다. 글을 쓰지 않았다면, '아, 그땐 도전했었지.' 정도로 끝날 수도 있었다. 하지만 글을 썼기에 '다음에도 끝까지 해 보자!'라는 생각을 얻을 수 있었다. 그 생각은 지금 내가 컴퓨터 앞에 앉아 글을 쓰도록 만들었다.

시간 여행에 대해 생각해 보았다. 생각해 보면 꽤 로맨틱한 것 같기도 하다. 미래로 갈 수 있다면, 미래가 이미 정해져 있다는 말이 아닌가? 미래가 정해져 있지 않다면 타임머신을 타고 미래로 갔을 때 미래의 모습을 보는 것은 불가능한 일이다. 타임머신을 타고 가서 미래를 본다는 건, 미래는 이미 지극히 예정되어 있고 벗어날 수 없다는 것이다.

글쓰기를 통한 시간 여행은 다르다. 자유롭게 과거로도 갈 수 있고, 현재에 큰 의미를 부여할 수도 있다. 미래의 뼈대를 세울 수도 있다. 시간여행보다 더 시간여행답다. 슬픈 일들을 재구성해 지금의 양분이 된 사건으로 만들 수 있다. 현재의 이 시간에 감사하는 마음도 가질 수 있다.

글쓰기는 동굴이다. 도망치고 싶을 때, 눈물이 앞을 가릴 때, 심장부터 뜨거운 무언가가 머리까지 치솟아 금방 폭발할 지경일 때. 잠시 쉴 수 있는 곳이다. 그렇다고 장시간의 컴퓨터나 텔레비전처럼 멀리하고 영원히 도망쳐 버리는 일은 아니다. 그저 가슴에 차오른 감정들을 내려놓고, 감정들이 희석될 시간을 주는 것이다.

선사 시대의 벽화들은 주로 동굴에 그려져 있다. 아주 먼 옛날부터 감정을 동굴에 써내려 왔던 것이다. 글쓰기의 동굴도 마찬가지다. 감정을 내려놓고, 더 나아가서 예술 작품으로 승화시킬 수 있는 곳이다. 감정을 내려놓고, 삶에 필요한 가치들로 바꿀 수 있는 곳이다. 해석에 따라 상처투성이 과거가 지금을 있게 해준 자랑스러운 과거가 되기도 한다.

울고 싶을 때는 운다. 눈물이 앞을 가리고 얼굴을 뒤덮도록 계속 운다. 가슴에 구멍이 뻥 뚫린다. 어느 정도 울고 나면 자연적으로 눈물이 그친다. 내 안을 모두 색으로 덮으려 한 감정은 눈물에 희석되어 어느새 연한 색으로 변해 있다. 그때 다시 감정을 바라보면,

더 이상 감정이 나를 덮지 못할 만큼 연해졌다는 걸 알 수 있다.

우는 것보다 더 빠른 방법이 있다. 그것이 글쓰기다. 슬프다고만 적지 말고, 어떤 상황 때문에 슬픈지. 이 상황이 왜 나에게 슬픔이란 감정을 가져다주었는지, 이 슬픔을 극복하기 위해 어떤 일을 해야 할지, 이 슬픔이 나중에 나에게 어떤 가치가 될지. 이 외에도 생각나는 것을 모두 적는다. 그리고 나면 한층 엷어진 자신의 감정을 볼 수 있다.

이 꼭지는 쓰기가 굉장히 힘들다. 한 시간 만에 쓸 수 있다고 생각했는데. 나는 뭐든 잘 한다고 생각했는데 그게 아니니까 그런 거 같다. 꼭 무언가를 잘 할 필요가 있을까? 쓰고 있는 것만으로도 이미 잘 하고 있는 거다. 10일 동안 무언가를 계속했다는 것은 무척 대단한 일이다. 3일 이상 꾸준히 무언가를 할 수 없다고 생각했는데 지금까지 썼다. 그럼 앞으로 매일매일 쓰게 되지 않을까? 내용이 형편없더라도 매일 썼다는 것 자체가 무척 기특하다. 또 칭찬하고 싶은 게 있다. 쓸 내용이 없으니까 머리가 알아서 '쓸 게 없어서 비참한' 지금의 상황을 써 보자고 생각해냈기 때문이다.

이제 엄마에게 짜증나는 마음 도 없어졌다. 그저 매일매일 글 을 쓰는 습관을 위해서 말했는 데 뜻하지 않게 상처가 되었을 뿐이다. 지금까지 썼듯, 글을 쓰 는 건 자신에게 큰 발전을 가져 온다. 나를 위해서, 이런 유익

한 글쓰기를 쉽게 포기않게 하려고 한 말이다. 위하는 마음에 한 말을 뜻하지 않게 상처로 받아들인 것이다.

깨달은 게 두 가지 있다. 글쓰기의 선물, 내 뇌에 대한 믿음이다. 뇌에게 '내용 채우기가 힘들어. 어떻게 해야 하지?' 질문을 던졌고, 뇌는 답을 찾아냈다. 바로 내용 채우기 힘든 지금의 상황을 글로 쓰고, 글쓰기로 인해서 나아지는 상황을 보여주자는 것. 뇌에게 질 문하지 않고 무작정 울고만 있었다면 이 방법을 깨닫게 되는 일은 없었을 것이다. 자괴감이 들었는데, 아직 쓸 만 한 뇌다. 이런 생각 을 해내다니. 칭찬해줘야겠다.

글쓰기의 선물. 아무 생각 없이 지금 심정을 적다 보니 벌써 분 량을 다 채웠다. 지금은 완전히 진정 돼서 오히려 처음보다 자존감 이 더 올랐다. 바닥이었던 기분을 기준치 이상까지 끌어올려 준 것 이다. 글쓰기의 감사함에 대해 글을 써야 한다. 소재가 없었다. 분

명 예시는 많았던 것 같은데 지금 와서 생각해보니 하나도 기억나지 않았다. 즉석에서 소재를 만들어냈다. 할 말이 없으면 즉석에서 소재를 만들어낼 수도 있다는 점이 글쓰기의 가장 매력적인 점이다. 무언가에 도전할 때, 지레 겁먹고 포기하지 말고 일단 시작해보자. 그게 글쓰기든, 아니면 다른 것이든.

아픈 실패

고양이를 보면 울 정도로 고양이를 무서워하는 우리 엄마다. 그런 엄마가 영어책 1,000권을 읽으면 고양이를 데려온다고 말한 것은, 엄마의 큰 결심이고 양보이다. 고양이가 꼭 키우고 싶었으므로 그 제안을 받아들였다. 매일 10권씩 100일 동안 하겠다고 계획을 세웠다. 처음 5일 정도는 굉장히 잘 지켰다. 가끔 20권씩 읽는 날도 있었다. 하지만 시간이 지나면 지날수록 점점 귀찮아졌다. 영어책을 읽으려고 꺼내 오기만 하면 속이 안 좋았다. 결국 300권 정도에서 계속 멈춰만 있다. 사실 지금은 마음이 조금 변한 것이, 새의 죽음을 보면서 생명이라는 게 쉽게 생각해서는 안 되는 것이라는 생각이 들었다. 고양이가 좋다고 미래에 대한 충분한 고민 없이 데려오는 것은 유기묘를 늘리는 일이라는 생각이다.

고양이를 사랑하지 않은 것은 아니다. 틀림없이 고양이를 너무나도 사랑했는데 실패하게 되었다. 왜인지는 모르겠지만 300권에서 손을 놓고 말았다. 실패지만 지금까지 읽은 300권이 시간 낭비는 아니다. 이 300권이 나중에 다시 영어책 1,000권 읽기를 시작하는 계기가 될 수도 있으니까. 언제라도 시작하고 싶으면 다시 시작할 수 있도록 밑밥을 깔아 두는 일이다. 계획을 실행하려다 실패하는 일을 많이 겪어봐야 계획을 실행하는 데 성공할 수도 있으니까.

돈을 모으고 싶었다. 돈을 모아서 무언가 새로운 일을 시작하는 데 쓰고 싶었다. 엄마와 약속을 했다. '네버랜드 클래식' 명작동화 완역판 전집이 있는데, 그걸 한 권 읽을 때마다 돈을 준다고 했다. 읽다 보니 5권을 읽었는데, 그후로는 손이 잘 가지 않았다. 물론 재미는 있었다. 하지만 놀고 뒹굴거리고 다른 책을 읽는 게 더 재미있었다. 게다가 5권 읽은 것으로 받은 만 원도 아껴서 모으려고 했는데 다 써 버렸다. 이 실패를 통해 나는 돈을 모으려면 노력이 필요하다는 것과 돈을 잘 모으는 것만큼 잘 쓰는 것도 필요하다는 걸 알게 되었다.

오늘 시험을 쳤다. 이때까지는 준비를 하나도 하지 않다가 어제, 즉 시험 전날 저녁에 부랴부랴 공부했다. 오늘은 국어와 사회 시험을 봤다. 내일은 과학과 수학, 영어 시험을 볼 것이다. 사회는 하나도 모르겠다. 공부가 필요했다. 시험 당일 쉬는 시간에도 열심히 사회책을 들여다보며 초치기에 열중했다. 시험이 시작되었다. 생각보다는 쉬웠다. 서술형 시험이라 배경지식도 조금 필요하지만 '생각'이 더 중요했다. 이 시험은 나에게 전적으로 유리하다. 생각할 줄 알고 논리적으로 쓸 줄 아는 사람이기 때문이다. 초치기한 배경지식으로도 충분히 내 의견을 쓸 수 있었다.

초치기 이야기는 그렇다 치고, 저번 시험에서는 정말로 열심히 하려고 했다. 공부 계획표를 만들고 그대로 지키려고 했다. 교과서를 반복해서 읽는 방법이 머리에 잘 들어온다. 과목을 정해 놓고 하루에 3번씩 그 과목의 시험 범위를 읽기로 했다. 망각곡선 때문에 하루에 9번씩 읽기보다는 하루에 3번씩 3번 읽는 게 더 오래 기억에 남을 것 같아서였다. 첫날, 사회였던 걸로 기억난다. 사회 교과서를 가져는 왔는데 펼치지도 않았다. 첫날부터 포기했다.

탈무드의 '우유에 빠진 개구리' 이야기를 아는가? 우유에 빠진 개구리가 살기 위해 발버둥을 치다가 우유가 버터가 되어 살 수 있었다는 이야기이다. 개구리에게도 어딘가로 가고자 하는 목적지가 있었을 것이고, 그 목적지가 우유 통 안은 아닐 것이다. 뜻하지 않게 우유 통 안에 빠진 상황이다. 생각하지 못했던 상황, 의도하지 않았던 상황. 그리고 그 상황에서 발버둥을 치다가 빠져나올 수 있었다.

우리의 인생에 대입해 보면, 우유 통 안에 빠진 것은 예기치 않은 상황을 만난 것이다. 개구리는 발버둥을 치는 방법으로 우유 통에서 나와 목적지에 도착하는, 이른바 '성공'을 맞이하게 된 것이다. 우리가 살아가면서 우유 통 같은 예기치 못한 상황을 만날 때가 많이 생길 것이다. 개구리는 발버둥을 통해 그 상황에서 벗어나 목적지에 도달했다. 하지만 우리의 인생은 개구리의 생보다는 조금 더 심오해서 노력한다고 벗어날 수 없는 위기도 있다는 것을 알게 될 것이다.

만약 개구리가 빠진 곳이 호수였다면 어땠을까? 아무리 저어도 점점 힘이 빠지기만 하고 탈출은 불가능할 것이다. 개구리는 빠져나오는 데에 실패할 것이다. 하지만 호수 속에서 더 넓은 세계를 발견하게 될 수도 있다. 호수에 들어가니, 생존을 위해서 호수에서 숨을 쉴 수가 있게 되고, 물속에서 눈도 뜰 수 있고, 호수 이곳저곳을 돌아다니며 신기한 것들을 발견하겠지. 그러다가 자신처럼 물에 빠진 개구리를 만나서 연애도 하고. 행복하게 살다가 '세상은 아름다워.' 같은 말을 하고 가겠지.

위기가 꼭 위기일 수만은 없다. 실패가 꼭 실패일 수만은 없다. 넘어서야만 하는, 피해야 하는 위기가 나를 성장하게 해주는 뜀틀로 변할 수도 있다. 도움닫기를 위한 발판으로 변할 수도 있다. 실패가 지금껏 알지 못했던 다른 세상을 만나는 문이 될 수도 있다. 내 새로운 해석 속 개구리는 호수를 빠져나오지 못하는 실패로 인해 물속 세상이라는 새로운 세계를 만나게 되었다. (물론 개구리는 물 밖과 물속을 번갈아 사는 동물이라 물속에서만 살 수는 없다.)

실패로 배울 수 있다면 실패에 주저앉지 않는다면 개구리처럼 새로운 세상을 만날 수도 있다. 그 순간에 당장 보면 실패지만, 조금 지난 후에 보면 새로운 세상을 알게 해 준 크나큰 성공일 것이다.

만약 실패가 두려워 아무것도 하지 않는다면 어떻게 될까? 한 개구리가 있었다. 우유 통에 빠졌다가 살아 나온 개구리는 그 개구리에게 이 이야기를 전해준다. 두려움에 빠졌다. 괜히 나갔다간 나도 저렇게 되는 게 아닐까? 우유 통에 빠졌는데 젓는 도중에 힘이 빠지면 어떡하지? 두려움에 빠진 개구리는 집 밖으로 한 발짝도 나가지 않았다. 그 개구리는 굶어 죽었다.

개구리 얘기가 억지 같은가? 그렇게 생각한다면 다시 생각해 보는 것도 좋은 방법이다. 개구리 이야기는 처음부터 만들어진 이야기이고 동화였다. 어차피 사실이 아닌 이야기를 여러 시각에서 보면서 우리 인생에 필요한 교훈을 얻는 것도 좋다. 그런다고 뭐라고 할 사람은 아무도 없다. 객관적인 진실은 없으며 우리는 모든 부분을 주관적으로 해석한다. 여러 가지로 해석해서 얻을 수 있는 것들을 쪽쪽 빨아먹자는 게 나쁜 의견인가? 아니다.

실패는 절대로 나쁜 것이 아니다. 실패하는 나도 성공하는 나도 결국 나이다. 내가 실패했든 성공했든 자신을 사랑하는 법을 배워야 한다. 실패 하나하나에 자신을 미워한다면 결코 행복해질 수 없다. 실패했을 때 '다음에는 성공할 거야!'가 아니라, 실패를 재해석해서 '실패이지만 실패하는 나도 사랑스럽고, 이 실패가 나에게 큰 가르침을 주었어!'로 받아들일 수 있어야 한다. 실패를 재해석해서 내 삶에 도움이 되는 가르침으로 받아들인다면 실패할 때마다 당신의 내공은 한층 한층 쌓일 것이다. 언젠가는 성공도 하게 될 것이다. 아니, 성공이건 실패건 상관하지 않고 자신을 사랑하는 법을 깨닫게 될 것이다.

할 수 있어!

5학년이 되자 사회라는 이름 안에 있는 역사를 배우기 시작했다. 무슨 소리인지 못 알아듣겠고, 도통 흐름이 눈에 들어오지 않았다. "역사를 잊은 민족에게 미래는 없다"는 알지만, 우리나라의 주입식 역사 교육은 나와 맞지 않았다. 수업시간에 집중해서 들으려고 노력해도 집중력이 깨지고, 정신 차려 보면 책에 낙서하고 있었다. 엄마한테 말로는 "수업시간에 잘 들으면 따로 공부 안 해도 돼!"라고 했지만 집중하기 힘들었다.

눈앞에 시험이 닥쳤다. 공부해야 할 것 같았다. 사회와 영어 교과서를 집에 가져왔다. 가방에 뭐 들고 다니는 일을 정말 싫어한다. 그래도 일단 책을 가져오면 뭐가 되었든 공부를 할 것 같았다. 중요한 건, 책을 가져오긴 했는데 펼치지 않았다. 주말에 공부하려고 금요일에 책을 가져왔는데 일요일 오후가 되도록 책을 안 펼쳤다. 급한 마음에 엄마에게 이야기했다.

"엄마, 나 공부해야 하는데 책을 봐도 아무것도 모르겠어. 어떡해?"

"그러면 교과서를 일곱 번만 읽어 봐. 이해가 잘 되고 머릿속에 전부 남을 거야!"

전혀 믿기지 않았다. 하지만 뭐든 해야 할 것 같아서 책을 펼쳤다. 선생님께서 "이것만 보면 된다"고 짚어 주신 3페이지가 있었다. 그 3페이지를 7번 읽었다. 엄마 말은 정말이었다. 다음날이 시험이었다. '사회는 다 망치겠지? 어떡해?' 긴장하면서 시험을 쳤으나 결과는 의외였다. 내가 가장 점수가 낮을 것 같았는데 사회를 다 맞았다.

친구들이 어떻게 공부했냐고 물어보았다. 교과서 시험 범위를 7번 읽었다고 대답했다. 믿지 못하는 눈치였다. 내가 해냈고, 할 수 있다는 걸 알게 되었는데. 공부가 힘들다면 여러 방법으로 공부를 해 봐야 한다는 사실을 알게 되었다. 인생에서도 마찬가지다. 문제가 생기면, 그걸 여러 방법으로 해결해보는 것이다. 그 방법이 나와 맞을 수도 있고, 맞지 않을 수도 있다. 하지만 여러 방법을 사용해 가면서 점점 내공이 쌓이고 나와 맞는 방법들을 찾게 될 것이다. 내 인생에 딱 맞는 방법을 찾는 여정, 멀리 갈 것 없이 옆부터 살펴보면 된다.

4학년 때 봉사위원 선거에 도전했다. 처음으로 나가는 봉사위원 선거였다. 봉사위원도 재미있는 경험일 것 같아 꼭 해보고 싶었다. 집에서 짧은 연설문을 썼다. 누군가의 도움 없이 나 혼자 쓴 연설문을 가방에 넣고 학교에 오는 길은 마치 보물을 찾으러 가는 탐험가가 된 기분이었다. 위풍당당한 발걸음으로 반으로 향했다.

봉사위원 선거가 시작되었다. 후보자를 등록하는 순간이었다. 자신 있게 손을 들고 하겠다고 했다. 칠판에는 내 이름과 함께 여러 이름이 쓰였다. 공약을 발표하는 시간이었다. 혼자 쓰고 혼자 몇 번씩 연습한 연설문을 꺼내 들었다. 앞으로 나갔다. 후보자가 꽤 많았지만 스스로 나의 연설이 가장 좋다고 생각했다.

투표하는 순간이었다. 당당하게 내 이름을 썼다. 나는 잘 할 수 있을 거라는 확신이 있었기에 그럴 수 있지 않았을까 싶다. 두 명의 이름을 써서 내는데 내 이름과 연설이 좋았던 다른 친구 한 명의 이름을 적어서 냈다. 자신이 하는 일에 자신감을 가지고 당당하게 하면, 그 일은 성공하게 된다. 성공이 아니더라도 많은 걸 배우게 된다. 자신을 믿었기에 내가 뽑히고, 봉사위원 임기의 끝까지 자랑스러운 마음으로 노력할 수 있었던 것 같다. 자신을 믿고 아무것도 안하는 것은 게으름이지만, 일단 도전했다면 나 자신을 믿어야 한다.

개표 시간이었다. 표 하나하나가 펴질 때마다 심장이 쿵쾅댔다. 내 이름이 나오면 가만히 있어도 얼굴에 미소가 떠올랐다. 내 이름이 나오지 않아도 실망하지 않았다. 어차피 나는 당선될 거라는 자신감이 있었기 때문이다. 18표로 최다 득표. 그렇게 봉사위원이 되었다.

봉사위원은 그저 권력 남용이나 하고 뽐내는 자리가 아니라는 것을 알 수 있었다. 먼저 솔선수범하고, 공과 사를 구분하며, 학생들의 의견을 전달하는 중간 다리이다. 힘들었지만 보람도 있었다. 내가 있어서 우리 반이 조금 더 좋은 쪽으로 나아가는 것을 보고 기뻤다. 가끔 싸움을 해결해 달라고 하기도 했다. 하지만 내가 끼면 편파적인 상황이 생길 수 있어서 선생님을 부를 때가 많았다.

봉사위원으로 가장 기뻤던 일은 4학년 말에 생겼다. 전교 부회장 선거에 나갈 후보자를 뽑는데 반 친구들이 나에게 해 보라고 말한 것이다. 물론 그 전에 해 보겠다고 생각하고 있었지만, 친구들이 그런 말을 해 주니 봉사위원으로 한 나의 노력을 인정받는 기분이었다.

스스로 나를 인정하고 있었다. 친구들의 입으로 그런 말을 들으니 괜히 더 기뻤다. 다른 사람의 평가에 지나치게 목매는 건 나의 성장에 방해가 된다. 그 정도가 딱 좋았다. '정말 잘했어!' 같은 말을 듣는 것보단 진심에서 우러나온 그 한 마디가 나에게 도움이 되었다. 정말 감사하다.

4학년 때는 선생님의 주도로 '교실에서 찾은 희망'을 하게 되었다. 정해진 안무에 따라 춤을 추고 유튜브에 올려 공모할 수 있는 공모전 같은 거다. 교실에서 찾은 희망 연습은 그렇게 재미있지 않았다. 동작을 보는데 '이게 어떻게 되는 거지?' 같은 생각도 들고 '이 걸 보고도 못 하다니 나는 멍청한 거 같아.' 같은 생각도 들었다. 그 런 생각이 날 때면 더 연습에 집중했다. 조금 잘하는 아이들이 생기 자 그 아이들을 보고 따라할 수 있었다. 영상만 보고 하면 어렵지만 실제로 앞에서 춤을 추는 사람을 보고 하면 쉽다.

창체 시간이나 음악 시간, 미술 시간 등 예체능 시간에 안무를 연습했다. 처음 연습할 때는 '이게 되긴 될까?' 같은 마음이었지만 하다 보니 확신이 생겼다. 동작이 몸에 익으니 다음부터는 쉬웠다. 안무 영상을 보면서도 못 따라가던 내가 이제는 음악 소리만 들으 면서도 춤을 췄다. 익숙해지니 재미있었다. 이 순간에 친구들과 춤 연습을 하며 함께 이 공간에 존재한다는 사실에 감사했다.

우리 반 모두가 제대로 추게 되었다. 선생님께서는 영상을 찍으 셨다. 교실, 강당(체육관), 운동장, 운동장 옆의 생태체험공간 등. 야 외에 나가서 촬영할 때에는 햇살이 너무 강해서 눈을 뜨고 춤을 출 수가 없었다. 실눈을 떠 가며 촬영했다. 춤을 추다가 친구들 얼굴을 보게 되었는데 문득 이런 생각이 들었다. 이곳에 모두 함께 있다는 게 행복했다. 지금 살아 있어서 감사하다는 생각이었다. 정말 잘 될 것 같았다. 아무것도 보이지 않았다. 그저 춤을 추는 데에만 집중했 다. 무언가에 집중하면 원래 다른 게 보이지 않는다.

춤을 추고 무대에서 내려오는 데 마음이 꽉 찬 거 같았다. 열심 히 노력해서 무사히 마친 나 자신에게 칭찬을 해주었다. 노력이 결실을 맺는 순간이었다. 앞으로도 목표가 생기면 포기하지 않고 달릴 것이다. 내 인생의 역사를 하나하나 써갈 것이다.

선생님께서는 촬영한 영상들을 이어 붙이고 노래를 넣어 유튜브에 올리셨다. 지금 보니 엉망진창이다. 하지만 우리가 열심히 노력했고, 친구들과 함께 춤을 추며 노래 가사대로 우정을 나누었다는 게 너무 좋았다. 선생님께서는 만든 영상을 보여주셨다. 참 열심히 하고 있었다. 열정이 많은 나이인 우리에게 열정을 쏟을 무언가를 주신 선생님께 감사했다.

예상 외의 결과였다. 우리 반이 월드비전에서 주는 상을 탔다. 상은 과자 박스. 선생님이 그 소식을 말씀하셨을 때 모두가 환호했다. 노력했고, 그 과정이 너무나 행복하고 즐거웠다. 과정 하나하나에 감사함이 깃들었다. 이런 큰 것을 내게 가져다주었다. 그런데 과자까지 준다고?

그날은 반에 있던 루미큐브 보드게임을 하고, 과자를 먹고, 영화를 보면서 한 교시를 보냈다. 예상치 못한 선물을 받아 즐거웠다. 그 선물을 나누는 시간조차도 친구들과 함께라 더욱 좋았다. 내가 돈 주고 사 먹는 과자보다 훨씬 꿀맛이었다. 흘린 땀이, 친구들을 보며 느낀 감사함이 그대로 배어 있는 과자였다. 지금의 자리를 빌려 선생님께 감사를 전하고 싶다.

지금까지 글을 쓰면서 성공과 실패들을 머릿속에 되새겼다. 어

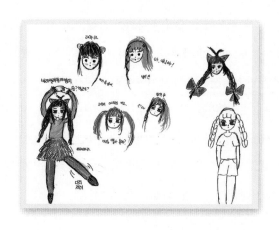

떨 때는 실패를 했고, 어떨 때는 성공했다. 그 실패와 성공을 겪으며 얻은 게 있다. 성공의 비결 같은 것은 아니다. 무조건 통하는 성공 요령 같은 것도 아니다. 실패는 실패로써 나에게 가르침을 주고, 성공은 성공으로써 성취감과 '할 수 있어!'라고 가르쳐 준다. 실패이든 성공이든 무조건 남는 장사라는 것이다. 실패했든 성공했든 상관없이 그 일을 내 인생에 도움이 된 사건으로 재해석하고, 그 일에서 하나라도 배우려고 노력한다면 성공인 셈이다. 성공과 실패에는 차이가 없다. 내가 어떻게 받아들이는지에 따라 성공과 실패가 갈린다.

다만, 도전하지 않으면 어떤 일도 벌어지지 않는다. 아무것도 하지 않으면 아무 일도 일어나지 않는다. 손 놓고 성공이 내 손에 떨어지기를 기다리면 성공은 절대로 내게 오지 않는다. 오던 성공도 비켜 간다. 사과가 먹고 싶다면 사과가 손에 떨어지길 기다리는 게 아니라 마트로 걸어가 사과를 사든지, 사다리를 가져와 사과를 따든지 어떤 방법이건 시도해보아야 한다.

계획하고 그 계획을 지키는 데 실패했다면 계획을 지키기 위해 노력했다는 사실만으로 나는 성장한다. 어떤 이유로 계획이 틀어졌는지 알고 다음번에는 그런 일이 없도록 조금 다르게 계획해봐야지! 같은 배움이 있다면 그걸로 된 것이다.

3장

작은 책,
큰 세상

책 속에 담긴 이야기

책은 많은 이야기를 해주었다. 힘들 때는 희망을, 궁금한 게 있을 때는 책 자신만의 대답을, 심심할 때는 즐거움을. 책 한 권은 그 책을 쓴 작가의 언어를 쓰지만 읽는 사람은 그 언어를 나름대로 해석한다. 나의 언어와 당신의 언어가 다르고, 책의 언어와 인간의 언어도 다르다. 이 책의 언어와 저 책의 언어는 다르다. 그렇기에 어떤 책이 하는 말에 대한 나의 해석과 당신의 해석이 다를 수 있다. 당신은 당신의 길을 걸어왔고, 나는 나의 길을 걸어왔으므로. 걸어온 길이 다르다면 걸어오며 배운 언어도 다르므로.

좋아하는 책이 한 권씩은 있었다. 매번 바뀌기도 했고, 하나가 그 위치를 오래 차지하기도 했다. 하지만 한 권씩은 좋아하는 책이 있었다. 《내일은 실험왕》이라는 책을 좋아했었다. 만화책이지만 나에게는 인생에 적용하기 좋은 조언들이 가득했고, 그 어느 자기계발서보다 더 나를 발전시켰다. 좋아하는 캐릭터가 있어서 좋아하기 시작했다. 그런데 시리즈가 점점 진행될수록 등장인물들이 성장해 나가는 모습을 보며 인생에 적용할 조언들을 찾기 시작했다. 과학에 관련된 책이지만 철학적인 면도 있다. 실험 대회에 참가해 정해진 주제대로 실험하는 구조이다. 실험 대회에서 나오는 주제를 어떻게 해석하느냐가 매우 중요하다. 즉 '주제 해석'인데, 이것이 각각 팀마다 다른 것을 볼 때는 과학이 주제이지만 철학까지 가르쳐주는 셈이다.

내 인생에 해결해야 할 문제가 생겼다. 그 문제의 핵심을 파악하고 그에 맞는 해결 방법을 사용해야 한다. 문제의 핵심을 파악하는 데 중요한 것이 주제 해석이다. 정해진 주제가 있다면 그 주제를 해석하는 방법이 사람마다 다르다. 지금까지 쌓아 온 경험들이 주제

해석에 지대한 영향을 끼친다. 쌓아 온 경험들이 모두 다르기에 같은 주제가 있어도 해석이 다르다.

《내일은 실험왕》은 내게 사람마다 주제 해석이 다를 수 있고 내 해석과 당신의 해석이 다르다고 해서 내 해석이 잘못되었거나 당신의 해석이 이상한 게 아니라는 것을 알려주었다. 서로 다른 삶을 살아왔기에 당연히 해석이 다를 수 있다. 당신의 해석과 나의 해석이 같다면 가능한 경우의 수는 둘이다. 나와 당신이 다른 평행세계에 사는 도플갱어거나, 나와 당신이 같은 해석을 강요하는 이상한 나라보다 더 이상한 나라에 살고 있거나.

책은 여러 가지 새로운 일들에 도전할 수 있도록 이끌어주었다. 도서관에서 식물 책을 읽으려다 옆의 동물 관련 서가를 보았다. 나는 이끌리듯 《돼지도 장난감이 필요해》를 들었다. 정말 신세계였다. 동물 보호에 관해 감정적인 접근이 아닌 이성적이고 논리적인 접근이 가능했다. 그 후로 동물 복지와 관련된 여러 책을 찾아보며 많은 생각을 하게 되었다. 육식을 완전히 줄일 수는 없지만 동물을 조금 더 행복하게, 자신의 본능에 맞게 살 수 있게 하는 동물복지 인증 음식들을 사 먹는다.

책은 역사다. 책은 작가의 주관과 생각이 담겨 만들어진다. 주관과 생각이 만들어지는 데는 경험이 큰 역할을 한다. 그러니까 책에는 작가의 경험이 직접 혹은 간접적으로나마 들어 있는 것이다. 그렇기에 책은 작가의 역사라고 할 수 있다. 책은 다른 사람의 역사를 들여다볼 수 있게 해준다. 게다가 다른 사람의 역사에 자기 생각을 덧붙여 내 삶을 더 낫게 만드는 데 사용할 수 있다. 책을 읽으면서 작가의 역사에 더해 나의 역사까지 남길 수 있는 셈이다.

책은 훌륭한 기억 매체다. 컴퓨터의 문서나 기록 같은 전자적인 매체와는 다르다. 책은 어떤 기록 매체와도 차별화된다. 책을 읽으며 사색하는 시간은 내 인생의 역사를 돌아볼 수 있게 하는 시간이다. 책의 여러 내용은 머릿속의 기억과 결합해 묻혀 있던 기억을 뇌까지 끌어올린다. 잊혔던 기억을 다시 떠올릴 수 있게 하는 것이다. 잊혔던 기억을 다시 떠올린다는 것은 머릿속에 갇혀 있던 나의 역사를 생생하게 살아 움직이도록 한다는 것이다. 읽기는 쓰기와도 같다.

책을 읽거나 쓰는 것은 새로운 사실을 깨닫게 해주는 계기가 된다. 그 새로운 사실은 책의 작가가 깨닫게 해 주는 듯하다. 하지만 스스로 깨닫는 것이다. 작가는 깨달을 수 있는 실마리를 준다. 그 실마리를 해석해서 새로운 사실을 깨닫는 것은 자신의 몫이다.

내가 좋아하는 책들은 거의 다 우연히 발견한 책들이다. 엄마가 보다가 어디까지 읽었는지 엎어 놓은 책을 생각 없이 들춰보다가 반한 경우가 대부분이다. 엄마가 《메모의 재발견》이라는 책을 빌려 왔다. 책상 위에 놓여 있기에 한번 보고 싶었다. 1페이지부터 책을 펼쳤다. 보다 보니 메모가 참 좋은 거라는 생각이 들었다. 머리에 문득 떠오른 생각을 적어 넣는 것만으로 잊어버리지 않고 좋은 아이디어로 발전시킬 수 있다.

요즘은 유튜브로 강의도 찾아볼 수 있는 세상이다. 강의를 들으려고 먼 길 하지 않아도 된다. 책이 보고 싶으면 도서관 가서 마음껏 보면 된다. 가까이에 내 인생에 도움을 주려고 생생하게 숨 쉬고 있는 자료들이 널렸다. 그럼 써주는 게 예의가 아니겠는가?

강의를 들을 때도, 책을 읽을 때도 떠오르는 생각들과 강의의 중요한 내용을 메모하면서 들으면 좋다고 한다. 여기서 중요한 점은, 단순히 강의 내용 정리에서 벗어나 내 생각을 함께 적어넣어야 한다는 것이다. 마침 엄마가 집에 없어서 할 일도 없고 시간도 많았다. 휴대폰으로 유튜브에 들어가 내가 가장 좋아하는 작가님의 이름을 검색했다. 강의가 하나 떴다. 클릭해서 강의를 들으며 메모를 시작했다.

살면서 유튜브로 강의를 들어 본 적도 없고, 강의 내용을 활용해서 내 글을 써 본 적도 없다. 새로운 도전을 하게 만든 것도 책의 힘이다. 앞으로 더 많은 책을 읽고, 훨씬 많은 실천을 하고 싶다.

더 큰 꿈을 품다

가장 좋아하는 작가님이 있다. 엄마가 소파 위에 놔둔 책을 집어들어 읽다가 반했다. '이 책 뭐지? 한번 볼까?' 하는 마음에 펴서 읽기 시작했다. 읽는데 억 소리가 나왔다. 너무 멋져서. 인간이 이런 발상을 할 수 있다는 게 너무 놀라워서. 눈물이 날 것 같았다. 아니, 눈물이 났다. 침대에 누워서 책을 읽는데 울고 있으니 엄마가 내게 무슨 일이 있는 줄 알고 달려오셨다. "책이 너무 감동적이라서" 말했다.

작가님 이름은 정철이다. 책을 읽는 초반에는 '혹시 정철영어의 그 정철인가?' 하기도 했다. 그런데 책을 읽는 도중에 이런 말이 나왔다. 카카오톡 대화명을 '영어 못하는 정철'이라고 해 두었다고 한다. 영어는 못해도 한국말로 사람 마음을 흔드는 건 잘하신다. 가슴이 두근 뛰고, 읽는 내내 "멋있다!"는 말이 입에서 터져 나왔다. 반해서 그분께서 쓰신 다른 책도 읽고 싶었다. 도서관에서 빌려보고, 서점에서 사서 보았다.

서점에서 정철 작가님 책을 찾아보았다. 작가 이름으로 검색하는 게 있어서 '정철'으로 검색했더니 책들이 나왔다. 그중 몇 권을 골랐는데, 아뿔싸! 한 권은 동명이인의 책이었다. 똑같은 이름이 많나 보다. 정철 작가님처럼 내가 잘하고 좋아하는 무언가로 사람들을 행복하게 하면서 살고 싶다. 정철 작가님은 글쓰기로 세상을 웃게 만든다. 나는 무엇으로 세상을 행복하게 할 수 있을까? 사회에 선한 영향을 주기 위해서 할 수 있는 게 무엇일까? 생각해 보고 있다. 분명한 건, 분명히 그런 사람이 될 수 있을 것이다.

5학년 때 제주도 여행을 갔었다. 비행기를 탔는데 접수하는 쪽에 뭐라고 적혀 있었다. 찾아보니까 비행기 좌석이 여러 종류가 있다고 했다. 비행기의 1등석을 '퍼스트 클래스'라고. 궁금해서 이것저것 더 찾아보다가 퍼스트 클래스에 엄청난 관심을 갖게 되었다.

일주일 여행 내내 퍼스트 클래스 이야기만 하고 다녔다. 퍼스트 클래스 대한 관심은 비행기 대한 관심으로 이어졌다. 결국에는 비행기에 빠지게 되었다. 비행기와 관련된 단어만 들어도 얼굴에 웃음이 떠오르고 바람이 퐁퐁 새어나가는 느낌이었다. 비행기를 사랑하게 되었고 학교 도서관에서 비행기에 관한 책은 전부 모아 보았다. 비행기라는 말만 들어도 가슴이 뛰었다. 새 이름을 퍼클이로 지을 정도로 비행기를 좋아했다. 비행기와 관련된 책을 더 보고 싶은데 관련된 책이 적었다. 그래서 사회 분야로 좀 옮겼다. 땅콩리턴 사태 같은 갑질의 현실에 대해 책을 읽기 시작했다. 강준만 교수님의 《개천에서 용 나면 안 된다》라는 책을 알게 되었다. 갑질뿐만 아

니라 '개천에서 용 나면 안 되는 이유'에 대해서 여러 방면으로 설명되어 있었다.

퍼스트 클래스에서 시작된 비행기 대한 관심은 여러 분야로 옮겨 다니며 나에게 많은 것을 가르쳐 주었다. 책을 읽고 열심히 공부해서 스스로 많은 돈을 벌고 싶다. 그래서 퍼스트 클래스도 타고, 많은 사람들을 돕고 싶다. 아니, 도울 것이다. 퍼스트 클래스가 내게 빛나는 꿈이 되어 준 것처럼 나도 다른 사람들에게 꿈을 심어 주고 싶다.

무슨 일이었는지는 기억이 안 나지만 엄마와 싸우고 집을 뛰쳐나온 적이 있다. 엄마가 나갈 거면 아무것도 챙기지 말고 그냥 가라고 해서 추운 겨울날에 입고 있던 잠옷만 입고 그냥 나왔다. 곧바로 고양이를 찾아왔다. 기억이 안 나는 걸 보면 그렇게 중요한 일도 아니었던 것 같은데 그런 일로 그렇게 싸우는 게 웃기다. 고

양이가 스르륵 나와 내 무릎에 앉았다. 고양이의 온기를 온몸으로 느끼며 고양이에게 의지하는 순간이었다. 그 후로 어떻게 되었는지는 기억이 나지 않는다. 아빠가 나를 데리러 왔던 것만 기억이 난다. 엄마는 나를 이해 못 하고 짜증만 낸다. 그런데 책 읽고 나서 많이 변했다. 짐승같이 굴었는데 사람이 되었다. 앞으로도 꾸준히 책 좀 봤으면 좋겠다.

고양이는 나에게 크고 소중한 존재였다. 고양이에 대해서 더 많이 알고 싶어서 책을 찾기 시작했다. 처음 산 고양이 관련 책은 《고양이가 좋아하는 모든 것》이다. 사실 사 놓고 몇 번 안 펼쳤다. 고양이의 모습과 표정, 꼬리로 알아보는 고양이의 감정 대한 내용이 도움 많이 됐다. 두 번째로 산 고양이에 대한 책은 《고양이 공부》이다. 고양이의 여러 가지 품종과 관련된 내용이 재미있었다. 만약에 고양이를 키우게 된다면 어떤 종을 키울지 생각해 보기도 했다.

가장 기억에 남는 책은 《아주 상식적인 연민으로》였다. 길고양이에 대해서 중점 있게 다루어지는 책은 아니다. '동물 보호'를 중점으로 다루고 있는 책이다. 인터넷 서점에 들어가서 검색해보다가 우연히 이 책을 찾게 되었는데, 이 책이 나를 동물 보호의 세계로 이끌어 주었다. '동물 보호'라는 주제를 감정에만 호소한 게 아니라 이성적으로 문제 상황을 담아낸 책이다. 모피가 되는 동물들이나 고기를 얻기 위해 사육되는 동물들에 대해서 알게 되었다. 다른 책에서 한 번 보기는 했지만 관심이 없었다. 그냥 '아, 그렇구나' 하고 지나갔던 내용인데 다시 생각해 볼 수 있도록, 깊게 생각할 수 있도록 해주는 책이었다. 이 이후로 동물 보호에 관련된 책도 찾아보기 시작했다.

한 번은 그 책을 읽고 난 후 실험동물에 대해서 엄마와 이야기 나눈 적도 있었다. 화장품 등에 들어가는 재료들의 위험성을 실험하기 위해 토끼 눈에 화학 물질을 넣는다. 불쌍한 토끼는 영문도 모르고 화학 물질로 인해 아파한다. 이미 동물 실험을 대체할 방법은 많이 있다. 이미 동물 실험으로 유해하지 않다고 밝혀진 재료들만 사용하거나, 동물 실험을 대체할 실험 방법을 사용하거나. 동물 실험은 동물에게 필요하지 않은 고통을 주고, 이미 동물 실험을 대체할 방법이 있으니 동물 실험을 하지 말아야 한다는 게 나의 생각이다. 도대체 대체 방법이 있는데 굳이 다른 생명을 아프게 하는 방법을 사용할 필요가 있는가?

고양이를 사랑했다. 어떤 책 한 권이 나의 관심사를 길고양이에서 동물 보호로 옮겨 주었다. 이처럼 책은 관심 분야를 여러 분야로 넓히는 역할도 한다. 무심코 지나칠 뻔했는데, 책은 동물 보호에 대해 깨닫게 해 주었다. 동물을 보호하고 싶다는 꿈도 심어 주었다.

혼자만의 시간

동생이나 언니, 오빠가 없어서 혼자 있을 시간이 많았다. 길고 양이와의 만남도 그런 이유 때문이었다. 혼자 있었기에 마음을 의지할 누군가가 필요했다. 그때 마침 운명처럼 고양이가 나타났다. 혼자였고 심심했기에 고양이가 나타났을 때 고양이를 놓지 않았다. 고양이가 꼭 필요한 상황이었다. 그래서 고양이를 더 많이 사랑할 수 있었다.

심심하고 할 게 없으면 무언가 놀 것을 찾게 된다. 나의 경우에는 그 대상이 고양이였다. 혼자였기 때문에 고양이와 함께하고 싶다는 생각을 할 수 있던 것이다. 곧 고양이에 대해 더 많이 알고 싶다는 생각이 들었다. 책을 펼치기 시작했다.

도서관에 가서 엄마 옆에 앉아 길고양이에 관한 책을 찾아 읽기 시작했다. 식물 책 서가 옆에 동물 책 서가가 있다. 그 서가에 몇 권의 길고양이 관련 책이 있었다. 도서관에서 처음 읽은 길고양이

책은 《명랑하라 고양이》 였다. 길
고양이를 만나며 관련 밴드에 가
입했다. 그 밴드의 한 분이 올리
신 책 추천 글에 이 책이 있었다.
길고양이 관련 책이라면 뭐든 읽
고 싶었던 나는 그 책을 들었다.
길고양이 사진작가로 꽤 유명하
신 분이었는데, 이 책을 포함해

서 시리즈가 되는 길고양이 책 3권으로 영화도 나왔단다.

일상적인 고양이 이야기도 있고, 믿기지 않는 신기한 고양이 이
야기도 있다. 점프하듯 나는 고양이 대한 내용도 있었다. 점프라
기에는 너무 완벽하게, 너무 멀리, 너무 높이, 너무 오래 공중에 떠
있었던 고양이 말이다. 날개가 없지만 날 수 있는 고양이. 사진을
보니 진진이와 비슷하게 생긴 치즈 태비 고양이였다. 진진이가 너
무 좋아서 갈색 고양이만 보면 진진이처럼 보이나 보다. 고양이의
'비행'은 너무나도 신기했다. 날 수 없을 것이라고만 믿었던 고양
이가 난다. 세상에는 안 될 것 같은 일이 일어나고 보니 되는 상황
들이 많다.

날아오르는 고양이. 사실은 사람도 날 수 있는 게 아닐까? 날고
싶다면, 나는 게 행복하다면 언젠가는 날 수 있게 되는 게 아닐까.
슬픔과 아픔과 후회와 미련은 너무 무거워서, 그걸 가지고 있는 동

안에는 날지 못하는 거지. 그런 마음이 든다는 걸 인정하고, 그걸 어루만져 주면 내 몸에서 그런 마음들이 내리면서 나를 날 수 있을 정도로 가볍게 만들어 주지 않을까. 창밖에 푸른 하늘이 보인다. 모든 걸 벗어던지고 그 하늘을 날고 싶다는 생각이 든다.

'명랑'이라는 말처럼, 슬픈 이야기가 아닌 대체로 밝고 재미있는 이야기들이었다. 신기한 고양이, 즐거운 고양이, 귀여운 고양이. 나는 고양이라거나 사람을 따라다니는 고양이. 물론 가끔은 슬프고 씁쓸한 이야기도 있었다. 고양이의 죽음, 고양이 밥그릇 속의 쥐약 같은. 이런 생각이 들었다. 길고양이를 슬프게 하고 사람을 피하게 하는 나라지만, 가끔은 이렇게 재미있고 행복한 길고양이들도 있다고. 그러니까 이 행복을 지켜 달라는, 그런 호소라고 생각한다.

다음으로 읽은 책은 《고경원의 길고양이 통신》이었다. 뭔가 한 페이지마다 글밥이 많은 느낌이었다. 1부는 화단에 사는 '화단 고양이'들에 대한 관찰 기록이었다. 화단에 살아가는 고양이들은 다채롭고 재미있었다. 웃기고 재미있는 고양이 사진과 이야기들도 있었고, 고양이의 일상에 관한 사진과 이야기들도 있었다. 이 책을 읽으니 책 속의 고양이들이 튀어나와 내 옆에 앉아 있는 것 같았다.

실감 나고 생생한 사랑스러운 고양이 이야기였다. 내가 돌보는 고양이들과 이렇게 오래오래 함께하고 싶었다. 즐겁고 행복한, 함께라서 다행인 일상으로 매일을 채워 나가고 싶었다.

행복한 길고양이들의 이야기를 읽다 보니 이런 생각이 들었다. 내가 돌보는 길고양이들도 행복했으면 좋겠다는. 비록 지금은 고양이 밥 주기를 쉬고 있지만 내가 돌보았던, 내 주변에 사는 길고양이들 모두가 행복했으면 좋겠다. 사람에 대한 걱정 없이, 먹을 것 걱정 없이 더워 죽지 않고 얼어 죽지 않고 행복하게 살았으면 좋겠다.

고양이에게 밥을 주다가 한 아주머니를 만난 적이 있다. 왠지 고양이가 자주 올 것 같은 장소에 고양이 밥그릇을 놓아두었다. 다음 날 다시 가 보니 익숙한 모양이 아닌 처음 보는 모양의 사료가 밥그릇에 들어 있었다. 내가 주는 사료는 모서리가 둥근 삼각형 모양의 밝은 갈색이다. 그런데 그 밥그릇에 들어 있던 사료는 물고기 모양의 어두운 갈색이었다. 그 비슷하게 생긴 사료를 본 적이 있다. '프로베스트캣' 사료이다. 고양이 관련 밴드에 올려진 누군가의 글에서 본 적이 있다.

하굣길에 같이 있던 친구에게 고양이 이야기를 했더니 동 앞의 지하주차장 환기구 주변에서 고양이를 봤다고 했다. 그래서 사료를 담고 사료 위에 간식까지 담아 갔다 두었는데 먹지 않았다. 설상가상으로 비까지 와서 젖은 사료를 내가 치워야 했다. 사료를 들고 쓰레기 분리수거장까지 가는 동안 냄새가 엄청 많이 났다. 음식물 쓰레기통을 열어서 버려야 했는데 냄새와 쓰레기통 속 모습이 너무 무서워서 열지를 못했다. 결국엔 지나가시던 아주머니께서 도와주셨다. "감사합니다!"

고양이들은 프로베스트캣 사료를 잘 안 먹는다. 프로베스트캣 사료는 어두운 갈색에 물고기 모양이다. 조금 두껍다. 이 사료가 고양이들에게 인기가 없다는 건 어떻게 알았냐고? 쓰레기 분리수거장 쪽에 밥 주는 그릇이 있다. 그런데 그 그릇에 프로베스트캣이 반 정도 담겨 있었다. 내 캣츠랑 사료를 섞어서 보충해 주었는데 그 다음날 와 보니 캣츠랑 사료만 깨끗하게 골라 먹고 프로베스트 캣 사료는 바닥에 남아 있었다.

내가 평소에 주는 캣츠랑이 아닌 프로베스트캣이 담겨 있어서 나 외에 다른 고양이 밥 주시는 분의 존재를 알게 되었다. 언제 한번 만나고 싶다고 생각했었다. 기회는 생각보다 빨리 왔다. 길고양이에게 밥을 주려고 나왔는데 그 아줌마를 보게 된 것이다. 그 아주머니에게 말을 걸었다. 그 이후로부터 시간을 정해서 매일 같이 밥을 줬다. 어디서 고양이를 봤다는 이야기도 했다.

도서관에서 《낮고양이 밤고양이》라는 책을 본 적이 있다. 당당하게 낮에 고양이에게 밥을 주시는 캣맘 한 분과 밤에 살금살금 고양이에게 밥을 주시는 캣맘 한 분이 같이 내신 책이다. 고양이에게 밥을 주는 건 부끄러운 일이 아니고 숨을 필요도 없다. 하지만 숨어서 고양이에게 밥을 주는 게 행복하고 더 고양이를 위하는 일이라는 생각이 든다면 숨는 것도 좋은 방식이라는 내용이었다. 나는 당당하게 고양이 밥을 주는 사람이었다. 학생이 공부할 시간 쪼개 가며 고양이를 챙기고 다니는데 면전에 대고 밥을 주지 말라고 할 사람은 적다. 물론 나는 공부는 안 한다. 그런 건 재미없다.

그 아줌마와 함께 밥을 주는데 한 분이 다가와서 고양이 밥을 주지 말라고 했다. 처음부터 밥을 주지 말라고 직접 말한 건 아니었고 처음에는

"길고양이 밥 주시는 거예요?"

하다가 밥을 주지 말라는 본론으로 들어섰다.

그 사람이 가고 난 후 아주머니께서 말씀하셨다.

"가끔 이렇게 밥을 주지 말라고 하는 사람도 있어, 그래서 조심해야 해."

당당하게 내 생각을 말했다.

"길고양이 밥 주는 건 불법이 아니에요. 못 주게 막거나 고양이를 쫓아 버리거나 독약을 타는 게 불법이에요. 당당하게 밥을 줘도 돼요. 우리는 잘못이 없어요. "

이 세상에 어떻게 인간만 살아갈 수 있을까? '먹이 그물' 인간은 크고 방대한 생태계 일부이다. 그 속에서 서로에게 영향을 주며 살기에 한 종이라도 지구에서 없어지면 인간도 멀쩡할 수 없다. 인간에게 필요 없다고 전부 죽이면 결국에는 큰 피해를 끼칠 것이다. 길고양이가 싫다고 전부 내쫓을 수 있을까. 인간만 사는 지구

가 아닌데. 길고양이들도 우리처럼 지구에 함께 사는 일부일 뿐인데. 생태계의 일부인 우리에게 다른 일부를 함부로 내쫓을 권리가 과연 존재하는가?

고양이가 무섭고 싫다면 서로를 피하는 것이다. 고양이가 싫다고 고양이를 전부 죽여 버려야 할 이유는 없다. 고양이가 무섭다면 서로 피하면 된다. 굳이 고양이를 마주칠 필요 없는 길로 다니면 된다. 고양이는 쓸데없이 인간에게 다가와서 겁을 주지 않는다. 고양이가 무섭고 싫다면 고양이를 무조건 챙겨 주고 살펴 줄 필요는 없다. 대신 고양이에게 정을 나누고 챙겨 주는 사람 막지 말자. 길 위의 동반자가 두렵고 무섭다면 그들을 챙겨 줄 필요는 없다. 대신 챙겨 주는 사람에게 화내지 말자, 고양이 밥그릇 버리지 말자.

그들을 위해 해 줄 수 있는 게 없다면 돕는 사람을 막지 말자. 이것은 길고양이에게만 국한되는 문제가 아닐지도 모른다. 이후에 같이 밥을 주던 아주머니를 만났다. 글을 쓴다고 했다. 길고양이 밥 주는 거 당당해도 된다는 내 말이 크게 도움이 되었다고 하셨다. 내가 글을 쓰는 게 너무 잘 어울린다고 하셨다.

꽃보다 책

요즘 〈해리 포터〉를 너무 재미있게 보고 있다. 학교 도서관에서 책을 빌리고 있는데, 방학을 1주일 남기고선 대출 불가능하다. 그래서 쉬는 시간이 되면 책을 보러 도서관에 내려가곤 한다. 수업시간 사이마다 10분씩 쉬는 시간이 있다. 원래는 이 시간에 친구들과 놀았는데 요즘은 〈해리 포터〉가 너무 재미있어서 책을 보러 도서관에 내려간다.

집중해서 책을 보고 있으면 아무 소리도 들리지 않고 아무것도 보이지 않는다. 이럴 때를 이용해서 친구들이 장난을 치기도 한다. 오늘은 깜짝 놀랐다. 집중해서 책을 읽고 있는데 친구들이 내 등을 두드렸다. 친구들이 내 뒤로 다가오는 것도 느껴지지 않을 정도면 정말 집중하고 읽나 보다. 내 자신이 대단하다는 생각도 든다. 친구들이 내 등을 두드리자 말자 자동 반사적으로 '으왁!' 소리가 났다. 친구들이

"도서관에서는 조용히 해야지~."

라고 말하기도 한다. 놀라게 한 게 누군데.

요즘에는 《죽음의 성물 1》을 읽고 있다. 대출이 안 되는 이 상황의 좋은 점은 도서관에 가면 무조건 책을 볼 수 있다는 점이다. 내가 보고 있는 책을 빌려 갈 사람이 없으니 매 쉬는 시간마다 볼 수 있는 것이다. 이런 생각도 든다. 나도 마법을 사용하고 신비한 일들을 배우고 싶다는. 마법은 신비하고 놀랍다. 그래서 나는 또 다른 생각도 해 보았다. 극도로 발전된 과학 기술은 마치 마법처럼 보인다는. 예를 들어, 석기 시대 사람들에게 휴대폰이나 엘리베이터 같은 걸 보여주면 마법이라고 생각할 것이다.

쉬는 시간에 친구들과 노는 것도 포기하고 책을 읽는 나다. 물론 매번 그러는 건 아니고 그럴 가치가 있는, 아주 재미있는 책들만 해당된다. 〈괴짜 탐정의 사건 노트〉 시리즈라던가, 〈해리 포터〉 시리즈가 그렇다. 쉬는 시간을 도서관에서 책들과 보내는 게 기분 좋다. 쉬는 시간에 도서관에 가서 책을 볼 기회를 준, '방학 일주일 전 대출 불가'에 감사한다.

책에 집중하면 아무 소리도 들리지 않는다. 교실 한복판의 난장판 옆에서 책을 읽든, 엄마는 자고 아빠는 회사에 있는 조용하고 조용한 집에서 책을 읽든 마찬가지다. 옆에서 들리는 소리에 아무리 기를 쓰고 노력해도 내 귀로 들어올 수 없다. 마치 내 귀에 '집중'이라는 귀마개가 달려 있는 것만 같다. 책 속의 장면이 머릿속에 생생하게 재생되는 것 같고 지금 내가 있는 공간을 넘어 다른 공간에 들어와 있는 것만 같다.

몇 살이었는지는 생각나지 않지만, 생일 때 선물로 책을 받은 적이 있었다. 《슈퍼 걸스》라는 책이었다. 처음 그 책을 접하게 된 건 엄마가 도서관에서 빌려 왔기 때문이었다. 엄마가 빌려 온 책들을 한 권 한 권 꺼내 읽었다. 그러다가 그 책을 발견하게 되었다.

한 권, 두 권. 엄마가 빌려 온 책 중 그 시리즈를 읽기 시작했다. 너무 재밌어서 시간 가는 줄 몰랐다. 도서관에 가서 그 시리즈의 다른 책들도 빌렸다. 그 시리즈 중 도서관에 없는 것도 있다는 사실을 알게 되었다. 마침 내 생일이 다가오고 있었다. 엄마가 말했다.

"네가 괜찮다면 생일 선물로 그 시리즈 전체를 사 줄게."

이 제안에 거침없이 응했다. 너무 재미있는 책이었고, 도서관에 없는 책까지 전부 보고 싶었다. 엄마는 인터넷으로 그 시리즈를 샀고, 책이 집에 오기까지 3일 동안 5초에 한 번씩 '책 언제 오지?'를 생각했다.

드디어 책이 집에 왔다. 박스 옆에 꼭 붙어 책을 뜯기 시작했다. 박스에서는 새 책 냄새가 진동했다. 기분 좋고 사랑스러운 향이었다. 박스 안에는 비닐봉지 안에 공기가 차 있는, 완충재가 들어 있었다. 완충재를 걷어 내자 뽁뽁이에 싸인 책이 보였다. 손의 힘으로 뽁뽁이를 뜯고, 커터 칼을 가져와 뽁뽁이를 뜯었다. 뽁뽁이를 뜯고 나자 비닐 랩에 꽁꽁 쌓인 책이 보였다. 커터 칼을 잡고 조심스럽게 비닐을 제거했다. 적어도 내가 책을 펼치기 전까지는 책에 흠집이 생기게 하고 싶지 않았다.

의외의 선물도 있었다. 책 뒤에는 캐릭터의 얼굴이 크게 그려져 있는 수첩이 붙어 있었다. 책을 감싼 랩 안에 같이 들어 있었다. 말하자면 책을 놓고, 그 위에 수첩을 놓고 랩으로 감싼 것 같은 형태였다. 그 당시의 나는 수첩이나 펜 등을 모아 두는 걸 굉장히 좋아했기에 이 '의외의 선물'에 놀랍고 행복했다.

이 책들은 아직도 우리 집에 있는데, 가끔 도움이 되기도 한다. 할 짓이 너무 없을 때는 심심함을 달래는 데 도움을 준다. 주로 누군가를 기다릴 때, 그리고 기다리고 있는 일이 너무 설레서 시간이 느림보처럼 갈 때 본다. 학교에서 무슨 문제나 기분 나쁜 일이 생겼을 때도 펼친다. 조언을 구하기 위해 보는 것은 아니고, 마음을 가라앉히기 위해 보는 편이다. 신기하게도 책이 끝나고 나면 문제의 해답이 어렴풋이 보인다.

친구네 가족과 함께 캠핑을 간 적이 있었다. 그때 친구네 엄마가 가져온 책이 《신과 함께》였다. 원래 웹툰으로 나온 작품이었는데, 인기가 높아지자 만화책으로도 나왔다고 한다. 《신과 함께》는 저승편, 이승편, 신화편으로 나누어져 있는데 저승편 3권, 이승편

2권, 신화편 3권으로 총 8권이다. 1박 2일의 캠핑 기간 동안 8권의
만화책을 전부 보았다.

삶과 죽음. 이승에 있는 신들과 사람이 죽으면 저승에서 벌어지
는 재판을 보여주었다. 비록 신들의 이야기지만 신들의 입으로 인
간에 대한 이야기를 했다고 볼 수 있다. 결국 이 책에서 중심이 되
는 내용은 신이 아니라 인간인 것이다. 햇살이 내리쬐고 새가 쩍쩍
대는 날 연두색의 텐트 안에 드러누워 한 권 한 권 읽었다. 읽을 때
마다 그다음 내용이 궁금해지고 중간에 그만두기가 힘들었다. 그
런 탓인지 그날에 8권을 전부 읽어 버렸다.

생일이 가까워진 어느 날이었다. 엄마에게 그 책을 사 달라는 이
야기를 꺼냈다. 엄마는 안방 침대에 누워 책을 읽고 있었다. 한 마
디를 꺼냈다.

"그 왜 있잖아. 예전에 캠핑 갔을 때 A네 가족이 가져온 책. 그 만화
책 말이야, 원래 웹툰이었는데 엄청 인기 많았대. 전설적인 작품이
래. 네이버에서 얼마 전에 재연재도 하고 있어. 생각할 거리도 많고
신의 입을 빌려 인간에 대해 말하는 책이야."

의미 있고 생각할 거리도 많다고. 엄마의 반응은 미적지근했다.
사 줄 생각이 없는 것처럼 보였다.

생일이 되었다. 학교에 갔다가 집에 돌아오자 엄마가 《신과 함

께》 세트를 보여 주었다. 생일 선물이라고 말했다. 엄마에게 쓸 데 없이 짜증을 내었다. 지금 생각해 보니 엄마에게 미안하다. 나를 위해서 열심히 고민해서 사 주었을 텐데 짜증을 내서 기분이 안 좋았을 것 같다. 엄마는 그럼 갖지 말라고 나한테 짜증을 냈다. 둘 다 왜 그랬는지 모르겠다.

지금 내 방 파스텔 톤 책장의 4층 5칸에 꽂혀져 있다. 하얀색 바탕에 등장인물들이 그려진 작은 책꽂이 박스가 있다. 그 박스 안에 8권의 책들이 다소곳이 꽂혀져 있다. 내가 어릴 때였다면 손이 닿지 않겠지만 지금은 가뿐하게 꺼낼 수 있다. 해리 포터 정주행이 끝나면 다시 한 번 읽어 봐야겠다. 책은 다른 여러 일보다 더 큰 기쁨을 주었다. 책에 완전히 몰입하고, 책 속의 세계와 하나가 되는 일들. 나는 그것이 너무 기쁘다. 부디 나에게 다시 이 기쁨을 안겨 줄 내 스타일의 책이 많이 나왔으면 좋겠다.

책이라는 이름의 로또

행운은 요란스럽게 찾아오지 않는다. '나는 행운이다!' 크게 말하며 찾아오는 행운은 거의 없다. 로또 당첨 같은 게 있긴 하지만, 그런 게 정말로 행운인지 나는 모르겠다. 로또에 당첨된 후에 더 슬픈 삶을 살게 되는 사람도 많다. 그 대신, 일상에서 찾아오는 행운들은 가득하다. 그것들은 그저 주위를 둘러보고, 주어진 것을 재해석하는 것으로 발견할 수 있다.

일상에 보물처럼 날아든 책들이 있다. 그런 책들 가운데 하나는 〈해리 포터〉이다. 처음으로 해리 포터를 알게 된 것은 2학년 때 정도이다. 해리 포터라는 책을 바탕으로 만들어진 영화가 있다. 장장 8편의 길고 긴 영화다. 그중 제일 첫 번째 작품인《해리 포터와 마법사의 돌》을 보았다. 엄마가 틀어 주셔서 보게 되었는데 당시에는 그렇게 빠질 만한 작품인지 느껴지지 않았다. 엄마는 〈해리 포터〉 책도 가져다 주셨다. 친구네 집에서《해리 포터와 마법사의 돌》과

《해리 포터와 비밀의 방》을 받아 오셨다. 일단 있으니 읽긴 했는데, 조금 지루했다. 그렇게 재미있다고 말하는 이유가 뭔지 모르겠다. 마법사의 돌까지 읽고 다음 권인 비밀의 방은 읽지 않았다. 해리 포터는 내 기억 속에서 사라졌다.

아마 2018년의 6월이었을 것이다. 다시 〈해리 포터〉를 읽어 봐야겠다는 생각이 들었다. 무언가 특별한 계기가 있었던 것은 아니다. 단지 머릿속에서 그 생각이 문득 떠올랐을 뿐이다. 먼저 집에 있는 《해리 포터와 마법사의 돌》과 《해리 포터와 비밀의 방》을 읽었다. 한 이야기가 1권과 2권으로 나누어져 있다. 《해리 포터와 마법사의 돌 1권》, 《해리 포터와 마법사의 돌 2권》, 《해리 포터와 비밀의 방 1권》, 《해리 포터와 비밀의 방 2권》. 에피소드 순서는 1편 《해리 포터와 마법사의 돌》, 2편 《해리 포터와 비밀의 방》, 3편 《해리 포터와 아즈카반의 죄수》, 4편 《해리 포터와 불의 잔》, 5편

《해리 포터와 불사조 기사단》, 6편 《해리 포터와 혼혈 왕자》, 7편 《해리 포터와 죽음의 성물》이다. 3편 《해리 포터와 아즈카반의 죄수》까지는 2권으로 나누어져 있고, 4편 《해리 포터와 불의 잔》은 4권으로 나누어져 있다. 5편 《해리 포터와 불사조 기사단》은

5권으로 나누어져 있고 6편《해리 포터와 혼혈 왕자》와 7편《해리 포터와 죽음의 성물》은 4권으로 나누어져 있다.

집에 있는 책을 다 읽은 후에는 영화를 봤다. 1, 2편은 이미 책으로 봤기 때문에 패스하고 3편《해리 포터와 아즈카반의 죄수》부터 봤다. 굉장했다. 이런 작품이 있다니. 다음날에는 아빠와 함께 불의 잔을 봤다. 4편《해리 포터와 불의 잔》까지는 에피소드마다 각각 따로 떨어져 있는 느낌(하지만 나중에 보면 다 연결성이 있다)에다 굉장히 신나는 분위기였다. 5편부터는 분위기가 무거워지는 느낌이다. 주인공이 해답을 찾기 시작하고, 점점 필요한 진실에 가까워져 간다. 알고 있는 내용을 종합하고, 새로운 진실들을 찾아서 결국 해답에 도달한다. 각각 에피소드끼리 이어져 있다는 느낌이 강해진다.

해리 포터에 나오는 캐릭터들은 입체적이다. 인간은 전부 입체적인 무언가를 가지고 있다. 착하기만 한 사람도, 나쁘기만 한 사람도 없다. 완벽한 하얀색도 검은색도 없다. 갖가지 색의 회색이 있을 뿐이다. 그것이 인간의 본질이고 태초부터 계속되어 온 자연의 법칙이다. 살아 있는 생명체는 전부 미묘하고 섬세해서 완벽한 무언가는 있을 수 없다. 모두 불완전하다. 그 때문에 생명체로 가치를 지니고 움직일 수 있는 것이다. 인간의 가장 기본적인 전제를 그대로 지키는 것이다. 그렇기에 이야기에 더 몰입할 수 있다. 그렇기에 흥미진진해진다. 책의 등장인물들은 가상의 인물이지만 인간을 닮았다. 〈해리 포터〉가 명작인 이유는 바로 이것이라고 생각한다.

해리 포터는 나에게 '완벽한 사람이 되려고 애쓰지 않아도 된다는 것'을 알려 주었다. 완벽한 사람이 아니어도 일상에서 행복을 찾을 줄 안다면 그 사람은 행복해질 것이다. 〈해리 포터〉에 대해 쓰려고 하니 이유 모를 불안감이 닥쳐온다. 엄청난 명작이고, 나를 너무 행복하게 만들기 때문에 신성한 영역을 건드리는 거 같다는 생각이 든다. 내가 정말 좋아하는 책인데, 이렇게 마음대로 그 책 내용을 이야기해도 되는지. 내가 얘기하면 누군가에게 스포가 되지 않을까. 누가 내용을 이야기 해 주면 진짜 재미없어지는데. 그래서 해리 포터 책 속의 내용에 대해는 쓰지 않고, 〈해리 포터〉를 읽으면서 내게 일어났던 일들을 이야기하겠다.

집에 〈해리 포터〉 책이 7권 밖에 없다. 그래서 학교 도서관을 이용했다. 매번 빌려서 본다. 학교 도서관은 여러 책과 만날 수 있게 해 준 곳이다. 해리 포터의 인기를 증명하듯 내가 빌리고 싶은 책을 다른 사람이 빌려서 기다려야 하는 경우도 많다. 《해리 포터와 불의 잔》 편을 볼 때는 2주일 넘게 기다렸던 것 같다. 매 쉬는 시간마다 도서관에 가서 확인했다. 하지만 한 번 놓쳤던 그 쉬는 시간에 책을 빌렸던 사람이 반납하고, 또 다른 애가 빌렸던 것이다.

이런, 매일 확인했는데. 이럴 때만큼 슬프고 짜증 날 때가 없다. 이에 굴하지 않고 매 쉬는 시간마다 도서관 들른다. 전담 시간에 전담 선생님의 교실로 이동해야 할 때 같은 경우에는 조금 어렵지만, 최대한 시간을 만들어 본다.

기다리다가 지쳐서 계획 B를 실천했다. 엄마에게 보고 싶은 편을 말하고 빌려 달라고 하는 것이다. 엄마도 독서광이다. 도서관에 완전 자주 간다. 우리 동네에는 도서관이 두 군데 있다. 물론 아파트 안에 있는 도서관들도 포함하면 조금 더 늘어나겠지만, 큰 곳은 두 군데다. 아파트가 하나 있는데, 그 아파트를 가운데에 두고 왼쪽에 하나 오른쪽에 하나씩 도서관이 있다. 난 우리 아파트가 여러 부분에서 마음에 들어서 다른 아파트를 부러워하지는 않는다. 하지만 그 아파트의 '양 옆 도서관'은 좀 부럽다.

두 도서관 중 한 군데는 다른 곳보다 크고, 사람들이 많다. 하지만 너무 크다 보니 어린이자료실에서 뛰어다니거나 떠드는 아이들이 조금 있다. 게다가 주말에 가면 3층 종합자료실에는 사람들이 꽉꽉 차 있어서 앉을 책상을 찾기가 힘들 정도다. 다른 한 곳은 조금 작고, 책이 그렇게 많지 않다. 하지만 사람이 훨씬 적고 조용하다.

엄마는 원래 큰 곳을 갔었는데, 사람이 너무 많다는 문제점 때문에 작은 곳으로 옮겼다. 엄마께 말했다.

"나《해리 포터와 불의 잔》3권부터《해리 포터와 불사조 기사단》 5권까지 좀 빌려줘!"

그런데 엄마가 빌리고 싶은 책도 같이 빌리느라 권수가 부족해서 《해리 포터와 불의 잔》은 4권까지만 빌려주셨다. 《해리 포터와 불사조 기사단》 5권은 못 빌린 것.

그런데 놀랍게도, 엄마가 책을 빌려 온 바로 그날에 나는 학교에서 《해리 포터와 불의 잔》 3권을 획득했다! 어째 전개가 점점 아침 드라마처럼 변해가고 있다. '예! 엄마한테 안 빌려줘도 된다고 말해야겠다.' 그런데 그날, 엄마가 책을 빌려 오신 것이다. 학교에서도 보고 집에서도 보면 내용이 꼬일 것 같아서 엄마가 빌려 온 책은 보지 않았다. 엄마가 내게 질문했다.

"이거 안 보고 싶어? 보고 싶은 거 아니었어? 안 볼 거야?"

"엄마가 이거 빌려 오는 그날 학교 도서관에서 보고 싶은 편 빌렸어. 보고 싶으면 알아서 볼게!"

엄마는 장난감은 안 사줘도 보고 싶은 책은 확실히 구해 주는 사람이다. 사 주거나 혹은 빌려 주거나. 며칠 전에 〈해리 포터〉를 다 봐서, 이제는 무슨 책을 보고 싶은지 생각해 봐야겠다. 소설이 좋을 거 같은데. 글쎄다!

이렇게 글로 쓰고 나니 새삼 나 자신이 대단하게 느껴진다. 〈해리 포터〉를 그렇게 좋아했구나. 책 읽는 걸 그렇게 좋아하는구나. 보고 싶은 책이 있으면 어떻게든 방법을 찾는구나. 마치 내가 길고양이를, 식물을, 비행기를, 내 새들을 사랑했던 열정처럼. 내 안에 숨어 있는 열정은 불태울 거리가 있다면 언제든지 불타오를 준비가 되어 있다는 것을 느꼈다. 내 친구들도 이렇게 열정을 불태울 무언가를 찾으면 좋겠다. 더불어 열정을 불태울 여유마저도 주지 않는 인생은 너무 각박하다는 생각이 든다.

불타오르듯 책을 읽었던 나날들처럼, 하고 싶을 때 열정을 쏟을 수 있는 날이 내 앞에 가득하기를 바란다.

4장

사랑하는
가족

가족과 행복의 상관관계

    학교에서 정비례와 반비례를 배우고 있다. 정비례는 x가 1배, 2배, 3배…로 늘어날수록 y도 1배, 2배, 3배…로 늘어나는 것이다. 예를 들어서 이런 게 있다. 연필 한 자루에 500원이라면, 연필 두 자루는 1000원, 연필 세 자루는 1500원, 연필 네 자루는 2000원… 계속 늘어난다. 연필의 개수를 x, 연필의 합계 가격을 y라고 했을 때 y = x × 500이 되는 것이다. 이때 500을 비례상수라고 한다.

    그렇다면, 행복을 위해 들인 돈과 행복은 정비례하는가? 몇 억짜리 명품 차가 함께 둘러앉아 이야기하는 식사보다 몇만 배는 더 행복을 가져다 주는가? 돈만 있으면 어떤 상황에서도 행복해질 수 있는가? 물론 돈은 행복을 가지기 위한 몇 가지의 필요조건을 가져다준다. 행복을 위해 필요한 게 가족과의 시간이라면 돈은 시간을 가져다줄 수 있다. 돈이 없다면 쉴 시간 없이 일해야 하지만, 돈이 충분히 있다면 쉴 시간을 마련할 수 있다.

적은 돈이라도 잘 활용하면 큰 행복을 얻을 수 있다는 예시가 하나 있다. 다이소에서 3,000원에 판매하는 보드게임을 하나 샀다. 아빠는 항상 컴퓨터 게임을 한다. 게임한다고 바쁜 아빠와 더 대화하고 싶었다. 우리는 가족끼리 보드게임을 하기로 했다. 세계 일주와 관련된 보드게임인데, 정해진 여행 코스를 다 돌며 마일리지를 많이 모으면 이기는 게임이다.

"야야 아빠 사기 친다, 잘 봐!"

가끔 이런 말이 오가기도 했지만, 결과적으로 여러 나라의 위치에 대해서도 조금 더 알게 되었고, 부모님과 얼굴을 마주 보고 조금 더 웃을 수 있었다. 게임만 하던 아빠도 흔쾌히 나와서 함께 보드게임을 했다. 엄마가 이기고, 내가 2등, 아빠가 마지막이었다. 아빠는 게임할 때 가장 많이 깐족거리는데 매번 진다. 허풍선이 같지만 그런 아빠라서 우리를 웃겨 준다.

우리는 함께여서 행복하다. 함께이기에 적은 돈으로도 행복해질 수 있다. 아니, 보드게임을 하기 전에 이미 행복했지만, 보드게임이 그걸 끌어올려 주었을지도 모른다.

그러나 돈으로 얻은 행복의 필요조건을 행복으로 이어지도록 활

용하는 것은 개인의 재량이다. 하지만 그렇게 힘들지는 않다. 시간이 생긴다면, 결국 아무것도 남지 않는 허무한 일에 시간을 소비할 게 아니라 사랑하는 사람과 눈 맞추고 대화하는 데 써야 한다. 게임과 스마트폰을 삶에서 멀리해야 할 이유가 있다. 스마트폰은 시간을 앗아갈 뿐만 아니라 그 시간에 얻을 수 있는 행복까지 가져간다.

이것은 일종의 기회비용이다. 시간이 남을 때 허무만을 남기는 일을 한다면, 그 시간에 얻을 수 있는 행복은 포기해야 한다. 허무만을 남기는 일을 한다면, 우리는 나중에 눈물 흘리며 너무나도 많은 기회비용을 치르게 된다. 작은 선택이 모여 큰 선택이 되고, 작은 선택들이 아주 많이 모여 우리의 인생이 된다. 작은 선택들은 쌓이고 쌓여 주인이 볼 수 있도록 큰 빛을 내며 폭발한다. 작은 선택들이 모여 눈에 보이는 무언가의 결과를 가져오는 것이다. 선택들의 그 폭발은 내게 좋은 일일 수도, 나쁜 일일 수도 있다. 그렇기에 우리는 매 순간 내게 가장 이로운 선택을 해야만 한다.

돈으로는 행복을 얻을 수 있다. 바로 얻을 수 있는 것은 아니다. 돈 – 무언가 – 행복으로 이어지는 것이다. 그러나 물질적인 행복,

숫자로 얻을 수 있는 행복은 오래가지 않는다. '누구보다 더' 가져서 행복하다면 '나보다 더' 가진 사람이 나올 때 그 행복은 깨지기 쉽다. 쉽게 줄 세울 수 있는 행복, 숫자로 나타낼 수 있는 행복은 안 된다. 숫자는 상대적이다. 내가 1일 때는 10을 가진 사람을 부러워하지만 내가 100일 때는 1000을 가진 사람을 부러워한다. 이 위치에만 오르면 행복할 것 같다는 위치에 서는 순간, 내 위의 사람들만이 보인다. 항상 나보다 더 가진 사람들만 보인다. 결국 숫자로는 행복을 얻을 수 없다는 것이다.

행복을 얻고 싶다면 생각해 볼 것이 있다. 가장 깊고 오래갈 수 있는 행복은 어떤 것인가? 그 행복을 내가 어떻게 얻을 수 있는가? 그 행복을 얻기 위해 나는 지금, 오늘, 이번 주 무엇을 할 것인가? 내가 할 수 있는 것, 내가 가진 것, 내가 해야 할 것을 잘 파악할수록 행복에 다다르기 쉽다.

행복에 도착하면 알 것이다. 행복을 위해 내가 매일매일 생각하고 노력한 과정이 결국은 행복 그 자체였다는. 지금 당장, 나만의 행복을 위해 무엇을 하면 될지 생각해 보자. 그리고 그것을 기록해 보자. 모든 삶은 글이 될 수 있다. 내가 행

복을 위해 달려온 길을 되돌아볼 때. 그 기록을 보며 조금 다른 행복을 느낄 것이다. 이렇게 열심히 달려왔구나. 행복을 향해 나아가는 발걸음 하나하나가 행복이었구나. 여행에서 중요한 것은 목적지가 아니다. 목적지를 향해 가는 과정이다. 나중에, 행복에 도착했을 때, 나의 발자취를 다시 돌아볼 기회가 생긴다는 것은 분명 좋은 일이 아닐까.

일상 속에서 행복을 손에 쥘 기회는 많다. 사실, 행복은 늘 우리 곁에 있다. 우리를 숨 쉴 수 있게 해주지만 보통 때는 옆에 있다는 사실조차 알지 못하는. 그런 행복을 하나하나 찾아보는 게 어떨까. 행복의 품에 몸을 던지고선 활짝 웃어 보는 게 어떨까.

내 삶의 울타리

방학을 맞아 집에서 뒹굴면서 지내고 있다. 아빠도 여름 휴가를 맞았다. 아빠의 휴가는 5일이다. 오늘이 아빠 휴가 마지막 날이다. 아빠 휴가의 끝을 맞이하며 밖으로 놀러 나갔다. 나가기 전의 계획은 창원 과학 체험관에 가는 것이었다. 과학 체험관에 갔다가 스시도 사 준다고 하셨다. 엄마는 열혈 검색으로 맛있는 스시 집을 찾았다. 그런데 아뿔싸, 엄마가 찾은 맛집이 여름 휴가를 맞아 쉰다고 한다. 원래 먹기로 한 것을 못 먹는다면, 창원까지 갈 이유가 없다고 생각했다. 그래서 우리 동네에 있는 탕수육 맛집으로 목적지를 바꾸었다.

탕수육 맛집으로 목적지가 바뀌면서 창원 과학 체험관에 가기로 한 것도 취소되었다. 우리는 조금 더 가까운 클레이 아크 미술관에 가기로 했다. 탕수육 맛집에 도착했다. 나는 탕수육을 시키고 엄마 아빠는 쟁반 짜장을 시켰다. 탕수육은 작은 크기를 주문했고, 쟁반

짜장은 하나를 주문해서 엄마와 아빠 둘이 나누어 먹었다. 영원과
도 같이 느껴지는 기다림이 끝나고, 음식이 나왔다. 탕수육은 고기
위에 샐러드처럼 채소가 올려져 있었다. 그릇 바닥에는 탕수육 소
스가 있었다. 탕수육에 든 고기를 다 먹고도 소스가 많이 남는 다
른 가게의 탕수육들과 다르게, 소스가 적었다. 젓가락으로 샐러드
채소를 집어 소스를 묻혔다. 다른 탕수육들과 다르게 고기가 손 한
뼘 길이 정도였다. 너무 커서 가위로 고기를 3등분했다.

잘린 고기 한 조각을 집어 그 위에다 소스를 묻힌 샐러드 채소
를 올리고선 입에 넣었다. 다른 탕수육들과 달리 튀김옷이 하얀색
이라 신기했다. 입에 넣었다. 먼저 소스의 새콤한 맛이 느껴졌다.
한 번 씹으니 쫄깃쫄깃한 이 집 특유의 튀김옷의 식감이 느껴졌다.
한 번 더 씹으니 고기가 나왔다. 고기의 맛은 다른 탕수육들과 비
슷한 것 같았다.

엄마와 아빠가 시킨 쟁반 짜
장은 원래 안 먹으려고 했었다.
하지만 탕수육만 먹다 보니 지
루해서 그냥 먹어 보았다. 해물
이 이것저것 많이 들어 있었다.
내가 본 쟁반 짜장 중에서 가장
해물이 많은 것 같았다. 내가 짜
장면을 잘 먹지 않는 이유는 짜

장면에 들어있는 채소들이 싫
어서이다. 채소 없는 부분으로
한 젓가락 집어 입에 넣어 보았
다. 그냥 짜장면과 비슷한 것 같
긴 한데 짠맛이 강했다. 쭈꾸미
인지 낙지인지 모를 해물을 몇
번 집어먹었다. 그렇게 맛있는
것 같지는 않았다.

　그다음으로 간 곳은 클레이
아크 미술관이었다. 클레이 아크 미술관 가는 길에는 작은 꽃집이
하나 있다. 식물 키우기를 잠깐 쉬고 있는데 꽃들이 피어 있는 걸 보
니 기분이 좋았다. 아빠가 주차장에 차를 세우고 우리는 내렸다. 차
에 있을 때는 에어컨이 나와서 몰랐는데 밖은 꽤 더웠다. 더위는 피
하는 것이지 맞서 싸우는 게 아니라는 말을 머릿속에 깊이 새겼다.
　더위를 어떻게 뚫고 그늘에 도착했다. 잠시 벤치에 앉아 기다렸
다. 엄마는 표를 사고 있었다. 아빠와 이런저런 이야기를 했다. 우
리 둘만의 방식으로 하이파이브도 했다. 잠시 기다리니 엄마가 표
를 들고 왔다. 그늘에서 벗어나 미술관 입구까지 잠시 걷는데도 더
웠다. 점점 더워지는 지구를 실감할 수 있었다. 에너지를 아껴야겠
다고 생각했다.
　미술관 입구에 들어가면 먼저 표를 확인한다. 표를 확인받은 후

가장 먼저 본 곳은 집으로 치자면 거실 같은 공간이었다. 전시실에 들어가서 보는 것이 아니라 큰 홀 같은, 미술관의 현관이자 거실인 중앙 부분이었다. 그곳에는 도자기로 만든 사람 얼굴들이 끝없이 널려 있었다. 칸마다 높이가 낮아 많은 칸이 있는 책장 같은 게 있었다. 그 책장에 도자기로 만든 사람 얼굴들이 하나하나 놓여 있었다. 책장들은 동그란 원 모양이다. 그 원의 중심에는 큰 탑이 있었다. 그 탑에도 칸이 나누어져 있었다. 그리고 한 칸의 높이가 낮았다. 층층이 쌓인 탑이었다. 탑에도 도자기로 만든 사람 얼굴들이 놓여 있었다. 빈자리 한 곳 없이 가득 차 있었다. 할 말을 잃었다. 마치 사람의 마음을 담은 무엇 같았다. 예술가가 하나하나 정성 들여 만든 도자기 사람 얼굴들이 가득했다.

프로젝트가 진행되고 있어서 한 명당 한 개씩 가져갈 수 있다고 했다. 예술가의 혼이 담긴 작품을 가져갈 수 있어 좋았다. 나와 맞는, 나와 공명하는 한 녀석을 찾기 위해 집중했다. 눈을 감고 공기의 흐름을 읽었다. 발이 이끄는 대로, 바람이 이끄는 대로 따라갔다. 발길이 멈춘 그곳에서 나는 작품들을 하나하나 살폈다. 살구색과 회색, 진한 회색, 파란색과 상아색으로 이루어진 작품과 눈이 마주쳤다. 이 작품은 만들어질 때부터, 혹은 흙이었을 때부터, 혹은 그 이전부터 나를 기다리고 있었다는 것을 알 수 있었다. 마침내 운명대로 만나게 된 것이다. 운명적인 만남이었다. 아주 운명적인. 그 작품과 눈을 맞추어 인사하고는 팔을 들어 손을 작품에 가까이

했다. 조심스럽게 작품을 집어 올렸다. 탄생부터 이미 예정되어 있던, 운명적인 만남의 순간은 이제야 내게 찾아왔다.

엄마께서는 작품을 가져가고 싶지 않다고 했다. 표정이 너무 슬퍼 보여서였다. 하지만 예술은 답이 없다. 내 생각에는 꼭 고뇌하고 고민하는 표정처럼 보였다. 엄마를 대신해서 또 하나의 작품을 집어 들었다. 하얀색 바탕에 연한 초록색과 하늘색, 하얀색이 섞인 것 같은 분홍색, 연한 주황색 혹은 연한 살구색처럼 보이는 색, 그리고 약간의 검은빛 갈색. 여러 색이 얽혀 있었다. 나머지 손에 이 작품을 살포시 감싸 들어 올렸다. 이로써 또 한 번의 만남이었다.

아빠가 아빠 걸 대신 골라도 된다고 하셨다. 이번에는 발 가는 대로 다녔다. 한 작품이 보였다. 지나치게 화려하지 않으면서도 특별한 색 조합. 나였다면 상상도 하지 못할 색 조합. 반질거리고 매끈한 촉감. 살짝 광택. 어떤 부분은 보는 각도에 따라 흰색으로도 보이고, 옅은 파란색으로도 보이고, 깊은 하얀색에 한 방울 떨어진 보라색처럼도 보이고, 푸른빛의 회색으로도 보였다. 빛은, 그리고 사람들의 해석은 같은 색을 여러 가지로 보게 했다. 얼굴 부분에는 빨간색인지 갈색인지 구분 가지 않는, 무슨 색이든 간에 하얀색이 아주 많이 섞인 것 같은 색의 선들이 있었다. 그 선에 자연스럽게 섞여 있는 얇은 선은 초록색과 분홍색이었다.

작품을 고르고 난 뒤에는 전시실로 이동했다. 클레이 아크 미술관은 그림보다는 조각이나 여러 재료를 사용해서 만든 전시물들이 많다. 직접 참가할 수 있는 전시도 있었다. '생'에 대한 7가지 주제 (탄생, 유년기, 청소년기, 청년기, 장년기, 중년기, 노년기였던 걸로 기억한다)가 있고, 그 주제 중 하나를 선택해서 그림을 그리면 된다. 어디에? 흙 비슷한 재료로 된 판 위에. 다 그린 후에는 그린 주제에 맞는 위치에 걸면 된다. 선착순 200개 한정이었는데 내가 갔을 때는 다 동나 체험은 못 했다.

엄마가 작품들을 보고 하신 말씀은 "어떤 작품이든지 두려워하지 말고 세상에 내놓으면 그 순간에 작품이 되잖아. 너도 무서워하지 말고 글을 써. 내 마음에 안 드는 글, 못 썼다고 생각하는 글을 내놓을 수 있는 거야말로 용기야."

인생이 이렇게 다채롭고, 다양하고, 그 표현 방법도 다채롭고 다양하다는 거다. 그러니까 내 인생을 자신 있게, 하루하루를 행복하게 살아가야 한다는 거다.

같은 작품을 보고도 느끼는 것이 다르다. 100명의 사람이 있다면 100가지의 해석이 있을 것이다. 서로의 해석에 '이건 틀렸어.'가 아니라, 나와 다른 생각이라는 것을 인정하고 서로의 해석을 존중하는 것이다. 이것이 소통의 중요한 점이고, 대화의 필수적인 요소이다. 이렇게 소통할 때 비로소 마음을 터놓을 수 있는 사이가 될 수 있는 게 아닐까. 누구에게든 이런 태도로 대한다면 서로 마음을 열고 소통할 수 있지 않을까. 이런 친구를 만나고 싶었다.

엄마와 함께 미술관을 관람하면서 여러 가지를 느낄 수 있었다. 서로를 더 발전시키고, 대화를 나누며 생각을 교환한다. 같이 있으면 편안하고 함께하고 싶다. 이런 게 행복한 가족 아닐까. 이런 행복한 가족과 함께할 수 있어 감사하다.

가족의 소중함

6학년, 여름방학이 되기 전에 시험을 쳤다. 공부하려고 했지만 '내일 하자' 하며 미루다가 시험이 코앞으로 다가왔다. 결국 시험 하루 전에 나름대로 열심히 벼락치기 했다. 하지만 아무리 생각해도 망할 것 같았다. 한 시간 정도 공부하고, 침대에 누워서 자려고 했는데 눈에서 눈물이 흘렀다. 시험을 잘 보고 싶었다. 반 친구들에게 나도 잘하는 게 있다는 것을 보여주고 싶었다. 그랬는데 계속 미루다가 결국은 망할 것 같았다. 반에서 존재감이 있으려면 그게 뭐가 됐든 잘해야 할 것 같은데, 지금 할 만한 건 공부밖에 없다. 이제는 공부도 못하게 될 것 같아서 속이 상했다.

아빠한테 그 이야기를 했다.

"나 잘하고 싶었는데, 내가 공부 못 하면 친구들이 나를 싫어할 것 같아. 공부 더 열심히 할걸. 그냥 지금 자지 말고 공부 더하고 잘까?"

"아빠는 여진이가 공부 못 해도 괜찮아. 그리고 공부 못 한다고 싫어할 친구들이면 친구 할 필요도 없어."

울고 있는 나에게 아빠가 이런 말을 해 주셨다. 내 기억에서는 아빠가 이런 말을 해주는 것은 굉장히 오랜만이다. 아빠는 내가 가볍게 웃고 놀 때 같이 놀아 준다. 그리고 내 분위기가 무겁고 걱정이 많고 슬플 때, 아빠는 딱 맞는 말로 나를 행복하게 해준다.

그래서 나는 우리 아빠가 좋다. 내가 힘들 때 곁에 있고, 내가 기댈 수 있는 기둥이 되어 준다. 또 아빠는 내 이야기를 잘 들어 주고 엄마랑 싸웠을 때 내 옆에 있어 준다.

여름방학이 되고 며칠 후, 엄마 아빠와 함께 수영장에 갔다. 우리 집 주변에도 수영장이 있지만 조금 더 큰 수영장에 가고 싶었다. 아빠 차를 타고 창원으로 향했다. 창원에 있는 한 수영장에 도착했다. 그런데 방학이라 강습이 많았나 보다. 자유 수영 레인이 하나밖에 없고 그 외 다른 모든 레인에서 강습을 하고 있었다. 차라리 우리 동네 수영장이 더 나을 것 같다.

다른 수영장에 도착했다. 우리 학교 강당을 세 개는 붙여 놓은 거 같은 크기였다. 물론 내

기억에 있는 거라 날조되었을 수도 있지만 내 느낌은 그랬다. 표를 끊고 들어갔다. 탈의실에는 책상 같은 게 있고 그 위에 모금함처럼 생긴 통이 있었다. 관리하는 아줌마는 표를 보지도 않고 넣고 들어가라고 했다. 이거 원, 공짜로 들어가도 아무도 모를 것 같다. 표를 넣고 자물쇠가 달린 옷 보관함을 열었다. 엄마는 나에게 열쇠를 보관하기 힘드니 한 칸에 옷을 같이 보관하자고 했다.

수영장 안에 들어가니 큰 수영장이 눈앞에 펼쳐져 있었다. 애들이 놀 수 있도록 레인을 구분하는 줄 몇 개를 걷어 내서 큰 풀장처럼 해 둔 곳이 있었다. 그 옆에는 레인이 있고 사람들이 수영하고 있었다. 먼저 애들이 놀고 있는 곳에 발을 밀어 넣었다. 시원한 물이 발에 닿았다. 물에 몸을 밀어 넣었다. 시원한 물이 온몸을 적셨다. 잘 온 것 같다는 생각이 들었다.

물장구를 치고, 물속에 가만히 서 있고, 물속에서 여기저기 걷기도 했다. 이제쯤 더위가 좀 약해졌다고 느껴질 때쯤 아빠가 나를 불렀다. 같이 수영하자고. 자유 수영 레인 중 가장 사람이 없어 보이는 곳에 들어갔다. 그리고 힘차게 수영을 시작했다. 물의 시원함이 온몸에 퍼지는 것 같았다.

그대로 레인을 한 바퀴 돌았다. 한 바퀴로 나 자신에게 시작을 알렸다. 연달아 그다음 한 바퀴를 돌았다. 벌써 힘든 것 같다. 이게 무슨. 물속에서 나와서 애들이 놀고 있는 곳으로 발걸음을 옮겼다. 아까처럼 시원한 물에서 다시 놀았다.

그 후에도, 수영하기와 물에서 놀기를 반복했다. 강습 시간이 끝났는지 레인 몇 개가 자유 수영 레인으로 바뀌었다. 저 옆쪽엔 수심이 2m인 레인이 있었다. 발이 닿지 않는 곳에서 수영하는 게 무서웠다. 하지만 수영을 배웠으니 이제는 괜찮을 것 같았다. 무서우면 다시 나오면 되지. 물에 훅 들어갔다. 그런데 발이 닿았다. 응? 알고 보니 내가 들어간 쪽은 수심이 얕은 쪽이고 그 바로 한 칸 옆부터가 2m 레인이었다.

일단 들어왔으니 한 바퀴 돌았다. 그런데 2m 레인에 한 번 들어가 보고 싶었다. 그래서 일단 반대쪽으로 간 뒤에 앞으로 돌아올 때는 2m 레인으로 왔다. 그렇게 무섭지 않았다. 나는 물에 뜰 수 있고 수영도 할 수 있기 때문이다. 오히려 더 재미있다는 생각이 들었다. 그렇게 도착하니 아빠가 있었다. 내가 자랑하는 목소리로 아빠에게 이 일을 이야기했다.

아빠도 나를 봤다고 했다. 아빠는 내게 대단하다고 해 주었다. 기분이 좋았다. 새로운 일에 도전했고, 아빠가 내 도전을 인정해 줘서이다. 기분 좋은 김에 한 바퀴 더 돌았다. 물에서 수영하고 있다는 사실 자체가 나를 행복하게 만들었다. 그런데 배가 고팠다. 나는 30분도 안 지난 것 같은데. 엄마는 한 시간 정도 지났다고 했다. 그동안 나는 12바퀴를 돌았다. 아빠와 함께 수영하러 오면 이렇게 많이 도는 경우가 없다. 고작해야 두세 바퀴 도는 게 전부다. 아빠와 함께 노는 것도 재미있지만 수영하는 건 더 재미있었다.

이렇게 많이 돈 건 처음인 것 같다. 한 시간이 지났다는 걸 알게 되자 배가 고팠다. 밥을 먹고 싶었다. 기분 탓인지 아니면 진짜 배고픈 건지. 아무래도 진짜 배고픈 게 맞나 보다. 옷을 갈아입고 밖으로 나갔다. 아빠가 먼저 씻고 기다리고 있었다.

아빠 차를 세워놓은 곳까지 걸을 힘이 없었다. 힘이 전부 빠진 것 같았다. 빨리 밥을 먹고 힘을 충전해야 할 것 같았다. 길가의 풀이라도 뜯어 먹을 수 있을 거 같았다. 누군가가 내게 먹여 준다면. 풀을 뜯을 힘도 없었기 때문이다.

겨우겨우 걸어 아빠 차에 도착했다. 아빠가 차 리모컨 같은 것을 뻑뻑 눌러 차 문을 열었다. '뻑-.' 하는 소리가 귓가에 들려왔다. 동시에 매미 우는 소리, 새 소리도 들려왔다. 차에 힘겹게 몸을 실었다. 차에 타자마자 에어컨을 틀었다. 목적지는 어디로? 우리는 질문했다. 오늘따라 스파게티가 먹고 싶었다. 창원에 있는 맛집을 알고 있었다. 스파게티, 필라프, 피자를 파는 곳이었다. 아빠 차는 그곳으로 출발했다. 부릉부릉 소리를 내며 우리 차가 이곳에 있었다는 것을 알리는 소리를 남기고선.

도착한 그곳은 이전에도 한 번 먹어 본 적이 있었다. 과학고등학교와 가까운 곳이라 다 먹은 후 그 주변을 산책했었다. 주변에 차를 세우고 맛집의 문을 활짝 열었다. 도착하자마자 자리에 앉았다. 샐러드 피자와 크림 해물 스파게티, 새우 필라프를 주문했다. 크림 해물 스파게티와 새우 필라프는 양을 정할 수 있었다. 스파게티는 작은 것, 새우 필라프는 큰 것으로 주문했다.

실제로는 10분 정도에 지나지 않은 시간이었지만 나에게는 천 년 만 년이 지나가는 것 같았다. 길기만 했던 기다림이 끝나고 마침내 음식이 나왔다. 크림 해물 스파게티가 제일 먼저 나왔다. 함께 나온 집게 비슷한 무언가로 내 접시에 스파게티를 덜었다. 스파게티 소스도 몇 숟가락 덜었다.

크림 해물 스파게티를 두 입 정도 먹고 나니 다른 음식들이 나왔다. 새우 필라프를 한 숟가락 떠서 입에 넣었다. 새우 맛과 필라프의 밥맛이 동시에 느껴졌다. 내 생각에 새우가 들어가지 않아도 엄청 맛있을 것 같았다. 물론 새우 든 게 훨씬 맛있다. 입에 넣자마자 씹히는 새우 맛 그리고 너무 짜거나 달지 않은 밥맛. 내가 먹어 본 볶음밥 중에서 가장 맛있었다.

샐러드 피자는 일반적인 피자와는 달랐다. 또띠아 위에 샐러드 채소들과 방울토마토, 이 집 고유의 피자 소스가 뿌려져 있었다. 위의 채소들이 흐를까 조심조심 입에 넣었다. 채소를 그렇게 좋아하지 않지만, 피자 위에 올려진 채소는 달랐다. 훨씬 맛있었다.

실수가 있었다. 양이 너무 많았다. 엄마는 말했다.

"다음에는 다 작은 크기로 주문하자."

하지만 운동을 하고 난 뒤의 배고픔은 다르다. 우리 가족은 가까스로 주문한 것 전체를 먹을 수 있었다. 배가 꽉꽉 찼다. 찬 배를 안고 집으로 향했다.

가족과 함께 있으면 무엇을 해도 즐겁다. 만약 같은 가게에서 혼자 먹었다면 가족과 함께 먹던 맛은 안 날 것이다. 있기에 소중하고 없으면 안 되는 가족. 항상 가까이에 있다는 이유로 너무 소홀히 한 것 아닐까? 나 자신을 되돌아본다. 앞으로 이런 소박하고 소중한 나날들이 계속 반복되면 좋겠다.

후회와 반성

엄마와 함께 책 쓰기를 하고 있다. 매일매일 글을 쓰는 것만으로 대단하다고 생각하는데 엄마는 매일 분량을 꼭 채워야 한다고 말한다. 내가 생각하는 글쓰기의 목적은 '내 인생을 재해석하기, 상처의 치유'인데 결국 나 자신을 위한 일이다. 분량을 채우라고 계속 강요하니까 어떨 때는 책 쓰기를 그만두면 좋겠다는 생각도 들었다. 나 자신의 행복을 위해 시작한 일인데 그것이 나에게 짐으로 다가오는 것이다.

이 문제로 엄마와 계속 싸웠다. 내가 글을 쓰고 나면 항상 얼마나 썼는지 물어본다. 내 창작 활동을 방해하고 나를 억압하고 무시하는 기분이라 싫었다. 물론 매일 정해진 분량에 맞추어 써야 한다는 말이 맞는 것 같다. 하지만 그것 때문에 존재 자체가 사라졌으면 하는 기분을 느낀다면 그 부분은 내게 맞추어서 바꿀 수 있는 거 아닐까?

매번 행복하게 잘 놀다가도 글 쓰려고 노트북 앞에만 앉으면 기분이 우중충해진다. 글 쓰다가 창문을 보면 나가서 놀고 싶다는 생각이 들었다. 그나마 요즘은 일기 쓰듯 이야기를 쓰는 것에 재미가 들렸다. 지금 이렇게 편안하게 글을 쓰는 상황이 올 때까지 엄마도 나도 많이 노력했다. 이야기를 자세히 쓰는 것을 터득하지 못했다. 요즘은 이야기 하나로도 한 장 분량 정도는 채울 수 있다. 이야기를 두세 가지 정도 쓰면 2.5장이 만들어진다. 예전에는 이야기를 쓰는 게 아니라 깨달은 것들로 분량을 다 채우려고 해서 그런 게 아닌가 싶다. 이야기는 적게 쓰고 깨달은 것들로 분량을 전부 채우려고 하니 도통 글이 써지지 않았다. 분량 때문에 엄마와 많이 싸웠다.

"그래도 시작했으면 정해진 만큼은 써야지!"

"글 조금 쓴다고 허세 부리는 거야 뭐야! 할 거면 제대로 하고 아니면 그만해!"

엄마는 내가 글을 쓰며 행복한 인생을 살기 바라는 마음에서 한 말이겠지만 나는 전부 그만두고 싶었다. 이 시점에 친구 관계 때문에 많이 힘들었는데 엄마도 나를 글 조금 쓴다고 허세나 부리는 아무엇도 제대로 하는 게 없는 사람으로 만드는 거 같아서 눈물이 났다. 방에 들어가서 울고 있으면 왜 우냐면서 나한테 또 화를 낸다. 사람이 울 수도 있는 거고, 나는 엄마가 싫어할까 봐 문 닫고 울고 있었는데. 내가 운다는데 그런 것도 내 마음대로 못 하나 싶었다.

두 번째로는 잘 쓰고 싶다는 마음 때문이었다. 다른 사람을 의식하며 '이거 써도 되나?' 하는 생각에 썼다 지우기를 반복하기 일쑤였다. 잘 쓰고 싶고, 다른 사람에게 어떻게 보일지 걱정하느라 글을 쓰기가 힘들었다. 지금은 '다른 사람이 이걸 보면 어떻게 생각할까?' 하는 생각이 들면 '괜찮아! 일단 지금은 쓰고 정 그러면 출판 안 하면 돼!'라고 생각했다. '일단 지금은 쓴다'는 생각을 머릿속에 집어넣기 시작했다. 그러자 내용을 채우는 게 한결 수월해졌다.

엄마랑 싸우고 나면 항상 무언가 찜찜했다. 엄마는 나를 위해서 말한 건데 엄마한테 이렇게 말해도 되나? 엄마가 아무리 날 위해서 말한 거라도 나는 힘드니까 내 의견을 말해도 돼. 하는 생각들이 머릿속에서 싸웠다. 엄마한테 미안하기도 하고, 엄마가 너무했다는 생각도 들었다. 그냥 이 세상에서 나만 없어지면 모든 문제가 해결될 것 같았고 나는 쓸모없는 사람이라는 생각이 자꾸 들었다.

한 줄이라도 포기하지 않고 계속 쓰다 보니 점점 글쓰기가 쉬워졌다. 엄마가 글쓰기 전에 먼저 그 주제에 대해 생각을 해 보라고 말해서 생각도 해 봤다.

"배우고 있으니 작가님이 내주는 숙제는 해라."

엄마가 제일 싫어하는 학생은 배우는 중인데 '이건 싫고 저것도 싫다' 하는 움직임 없는 학생이라고 한다. 그래서 매일 하려고 노력하고 있다. 지금 생각해 보니 몇 번 건너뛴 적이 많은데 오늘부터 매일 해야겠다. 글 쓰면서 나를 되돌아보기. 이거 좋은데?

하여튼 그날 이후로 엄마는 나에게 글 쓰는 것에 대해 뭐라고 하지 않았다. 엄마가 그런 싸움들을 줄이려고 많이 노력하고 있었다는 것을 이제 알았다. 어제는 엄마가 이렇게 말했다.

"내가 변하려고 노력하는 건 안 봐 주면서 가끔 있는 안 좋은 모습에 초점을 맞춰? 왜 항상 나를 나쁜 쪽으로만 보려고 해?"

지금 글을 쓰면서 엄마가 많이 변했다는 것을 깨달았다. 엄마의 노력을 인정해야겠다. 가끔 엄마가 기분 나쁜 말을 해도 그 속에 있는 엄마의 나를 위하는 마음을 이해해야겠다.

며칠 전에 스마트폰을 전화와 문자만 되는 모델로 바꿨다. 말하자면 스마트폰처럼 생긴 건 맞는데 와이파이와 데이터 기능이 차단된단다. 그러니까 스마트폰처럼 생긴 폴더폰이 맞는 것 같다. 장점이 있다. 엄청 가볍다. 든 게 없어서 그런 것 같다. 곧 단종될 모델이라 케이스도 몇 개 없었다. 투명한 젤리 케이스를 끼우고 케이스 뒤에 내가 좋아하는 사진을 넣어 두었다. 스마트폰이 없어지니까 오히려 더 행복하게 살 수 있는 것 같다. 어제는 친구가 우리 집에 파자마 파티를 하러 왔다. 원래 우리 둘이 같이 놀면 같이 누워서 게임만 했다. 이번에는 같이 카드 게임도 하고, 컬러링북 색칠도 했다. 색종이를 가지고 종이접기도 했다. 게임만 하고 놀 때 보다 훨씬 재미있었다.

친구네 집에 가서 짐을 챙겨왔다. 친구가 짐을 챙길 때 게임 카드를 같이 챙겨왔다. 아빠에게 새 게임이 있음을 알렸다. 아빠도 같이 게임을 하게 되었다. 먼저 원래 우리 집에 있던 게임인 할리갈리를 했다. 내가 1등, 친구가 2등, 아빠가 3등이었다. 다음에는 친구가 가져온 트럼프 카드로 게임을 했다. 그 카드 하나로 많은 종류의 게임을 할 수 있었다. 이런 게임도 해 보고, 저런 게임도 해 보았다. 게임을 하다 보니 웃기는 상황도 생겼다.

원 카드 게임을 하다가, 카드를 내면서 '이 시점에서~'라는 말을 하는 게 유행이 되었다. 내가 먼저 시작했는데 어느새 아빠도 친구도 함께 그 말을 하고 있었다. 깔깔 웃으며 게임을 했다. 몇 판씩 했는지 세어 보지는 않았지만, 엄청나게 많이 했다. 즐거운 게임 시간이 끝나고, 집에 있던 컬러링북을 색칠했다. 우리 집에는 책상만 3개가 있다. 거실에 하나, 컴퓨터 방에 하나, 안방에 하나다. 거실 책상에 앉아 색칠을 시작했다. 색칠을 그냥 한 게 아니었다. 서로 막 칭찬도 했다. 그것도

"와~ 00이 대박 예쁘게 칠한 거 실화냐?"

"자기가 더 예쁘게 했으면서 아닌 척하는 인성 보소~"

이랬다. 이러다가 누군가 하나가

"우리 뭐 하나?"

이러면 둘이 배를 움켜잡고 깔깔 웃었다.

뭔가 이상한 칭찬을 하고, 깔깔 웃다 보니 작품 3장을 완성했다. 서로 원하는 부분 골라서 색칠하기를 반복했다. 서로가 한 부분을 보며 상대방이 색칠한 부분이 예쁘다며 칭찬 파티를 했다. 혼자 색칠할 때는 재미가 없었다. 하지만 친구와 함께하니 뭐든 재미없겠는가! 간만에 실컷 웃을 수 있는 시간이었다. 스마트폰 없는 생활을 시작하면서, 지금까지 얼마나 스마트폰에 의존하며 살아왔는지 돌아볼 수 있었다. 더불어 아빠와의 행복한 시간, 친구와의 웃음을 되찾았다. 나를 되찾게 해준 가족들에게 감사하다.

작지만 소중한 추억들

오늘 뜨개질을 배우기 시작했다.

"엄마, 나 뜨개질 배우고 싶어!"

전부터 엄마에게 말해 왔다. 하지만 이렇게 진짜 배우게 될 줄은 몰랐다. 뜬구름 잡는 이야기였다. 사건의 시작은 이랬다. 컴퓨터로 검색을 하는데 갑자기 로딩이 안 되고 네이버 검색을 했는데 계속 로딩만 되었다. 엄마에게

"엄마! 혹시 인터넷 끊었어? 컴퓨터가 이상해."

"아마 다른 집도 다 그럴 거야. 전체적으로 인터넷이 이상한가 봐."

아빠와 통화하고는 엄마가 이렇게 말했다.

"아빠가 인터넷 끊었대!"

헉, 그러면 이제부터 와이파이 못 써?

"엄마, 그럼 와이파이 못 써?"

"아, 오늘이랑 내일만. 끊고 다른 와이파이로 바꿀 거야."

참 내. 전체적이라니 무슨?

심심한 시간이다. 컬러링북을 색칠하고, 책도 읽었다. 앉은자리에서 김혼비 에세이 《우아하고 호쾌한 여자 축구》 책 한 권을 다 읽었다. 꽤 재미있어서 빨리 읽을 수 있었다. 여자 축구에 대해서 조금이나마 알게 되었다. 더불어 편견의 벽을 부수며 하고 싶은 것은 뭐든지 해 봐야겠다는 생각이 들었다. 그래서일까? 뭔가가 시작하고 싶어졌다.

이것저것 하다 보니 갑자기 잠이 쏟아졌다. 엄마와 함께 자려다가 안방을 나와 내 방에 들어갔다. 잠시 자다가 깼다. 잠시 소파에 누워 쉬려는데 잠들어 버렸다. 많이 피곤했나 보다. 친구가 은색 머리에다가 몇 가닥은 갈색인, 등까지 오는 긴 머리를 하고 있었던 것은 기억난다. 대체 무슨 꿈일까.

"우리 딸 왜 더운데, 거기 있어? 방에 에어컨 틀어 놨는데 엄마랑 자자."

조금 더 자고, 일어나 보니 목이 말랐다. 오늘 물을 몇 컵 안 마셨다. 평소에도 그렇긴 하지만. 탈수 증상 같은 건가? 물을 마시고 싶다는 마음과 귀찮다는 마음이 엇갈렸다. 결국에는 귀찮은 마음이 이기고 말았다.

심심한 찰나에 좋은 생각이 떠올랐다. '늘 하려고 했지만 시작하지 않은 것'을 시작해야겠다는. 그것은 뜨개질이었다. 실과 바늘로 인형도 만들고, 수세미도 만들고, 이것저것 다 만들어 보는. 그러니까 정말 '유에서 작품을 창조하는' 거다. 해볼 만했다. 재미도 있을 것 같고, 기본적인 것만 배우면 도안을 보고 원하는 대로 만들 수 있다. 생각은 꼬리에 꼬리를 물고 이어졌다. 우리 집 앞 상가에 있는 뜨개방

이었다. 언젠가 엄마와 함께 산책하며 '나중에 저기 가 봐야지' 생각한 적이 있었다. 뜨개질의 입문 장소로 그곳을 선택했다. 그러고는 엄마에게 "엄마, 나 뜨개질 배우러 가고 싶어" 말했다.

엄마는 "양치질하고 와, 가자." 간단히 대답했다. 물을 안 먹은 상태로 양치질하기는 조금 껄끄러웠다. 그렇다고 물을 마시러 시원한 알래스카 같은 안방을 벗어나 주방으로 간다면 정말 귀찮은 일이다. 껄끄러운 쪽을 택했다. 물 한 컵으로 먼저 입부터 헹구고 양치질을 시작했다. 나갈 준비를 했다. 잠옷을 갈아입고, 엄마는 돈을 챙겼다. 만일의 상황, 그러니까 오늘부터 배우기 시작해서 엄마가 먼저 집에 가야 하는 상황을 대비해서 전화와 문자만 되는, 껍데기만 스마트폰도 챙겼다. 신발을 신고서 현관문을 시원하게 열었다.

밖에 나가니 보슬보슬 조금씩 비가 내리고 있었다. 나는 이런

비를 그렇게 좋아하지 않는다. 특히 여름이라면 더. 내릴 거라면 시원하게 확 내리면 좋잖아? 괜히 습해지고 끈적해지고 불쾌지수는 오백 배 올라간다.

　엄마는 오늘 2시쯤까지만 해도 비를 맞고 싶다는 사람이었다.

"3시쯤 되면 비 온대. 비 맞으러 나가자. 작가에게는 이런 경험도 필요한 법이야!"

물론 비를 맞는 건 적극 찬성이다. 웃긴 부분이 어디냐고? 밖에 나간 엄마는 이렇게 말했다.

"헐. 비 온다. 어떡해? 다 젖겠다."

뭐, 인간은 항상 앞말 다르고 뒷말 다른 종족이다.

쓸데없어 보이는 이야기 하다 보니 어느새 뜨개방 앞에 도착했다. 아까 현관문을 열 때처럼 힘차게 열었다. 그리고선 몸을 뜨개방 안쪽으로 밀어 넣었다. 뜨개방에는 뜨개질로 만든 인형들과 가방들이 가득했다. 거리로 보이는 유리창 쪽에는 주로 인형들이 가득했다. 들어가 보니 그곳에 있는 파란색의 앵무새 모양 인형이 마음에 들었다. 만들고 싶었지만, 작은 게 더 어렵다는 말에 쉬운 인형을 먼저 만들기로 했다. 오른쪽 벽면에는 인형들 그리고 털실이 가득 차 있었다. 여러 가지 색의 많은 털실이 벽면을 채우고 있으니 예술적이라는 생각도 들었다.

"안녕하세요."

수줍은 목소리로 인사하며 뜨개방 안으로 들어갔다. 선생님 한 분이 앉아 계셨다. 파란색 계열의 얇은 줄로 무언가를 뜨고 계셨다. 무엇인지 궁금했는데, 덧신이라고 하셨다.

"뜨개질 배울 수 있어요?"

선생님은 나이를 물어보셨다. 6학년이라고 대답했다. 다행히 선생님께서는 배울 수 있다고 대답하셨다.

"어떤 걸 배우고 싶어요?"

뜨개질로 하고 싶은 건 많았다. 하지만 그중에서도 가장 만들어 보고 싶은 건 인형이었다. 손끝에서 생하는 인간을, 동물을 닮은 창작물이라니. 아름답다.

"작은 것 중에도 원통형이 제일 만들기 쉬워요. 오히려 작아서 더 어려운 작품도 있어요. 작으면 코를 보기 어려우니까 조금 어려운 작품들도 있어요. 저쪽 벽에 걸려 있는 게 제일 만들기 쉬워요. 처음이니까. 제일 쉬운 것부터 만들어 보는 게 좋을 거 같아요."

쉽다는 말을 들은 작품 중에서 '새'를 골랐다. 이유는 우리 집 반려조 피요 덕에 새를 좋아하게 되었기 때문이다.

도무지 새처럼 보이지는 않지만, 쉽다는 새 인형을 만들기로 선택했다. 오늘은 처음이니까 만들기 말고 연습부터 하자고 했다. 연습하기 편한 실을 받았다. 처음에는 '이게 뭐야?'였지만 열심히 보고 따라하다 보니 점점 나아졌다. 처음에는 계속 빠지고, 원리도 이해되지 않았다. 하지만 40분쯤 하고 나니 충분히 손에 익는 것 같았다. 손에 익은 후로 한 번 더 하니, '어, 아까는 잘 됐는데. 왜 이러지?' 하게 되었다. 그래도 1시간 30분 정도 하니 어느 정도 능숙하게 실을 다룰 수 있었다.

집에 와서는 엄마에게 자랑하기의 연속이었다. 어떤 걸 배웠는지, 오늘은 연습만 하기로 했고 등등. 놀 친구가 없어서 집에 있었던 거지만, 엄마와 보낸 인터넷 없는 하루와 뜨개질은 새로운 것이었다. 새로운 일은 나에게 새로운 즐거움을 가져다주었다. 이런 작고 사소해 보이지만 무엇보다 중요한 행복을 잊지 않아야겠다.

감사합니다

지금까지 글을 매일 쓸 수 있었던 이유는 여러 가지가 있다. 하지만 그중에서도 시간이 많았다는 점이 가장 큰 부분을 차지하는 것 같다. 학원에 다니지 않고, 집에서 따로 공부한 적도 없다. 그 시간에 책을 읽고 사색하며 생각해 볼 수 있었던 것 같다. 가끔 궁금한 점이 생기면, 책을 읽으며 찾기도 하고 나 자신에게 질문하기도 했다. 그런 시간이 모여서 지금의 내가 만들어진 것 같다.

방학이 되기 전 일이다. 집에 가는데 누군가가 홍보지를 나눠주고 있었다. 화상 통화를 통해 그룹으로 하는 공부 수업 같은 건데, 체험자를 모집하고 있다고 했다. 뭔가 잡히면 계속 광고를 들어야 할 것 같은 느낌이었다. 자칫 무례하게 들릴 수도 있는 내용이라 조심스레 말했다.

"죄송한데요… 저 공부 안 해요."

홍보지를 나눠 주시던 분은 경악과 탄성이 섞인 표정을 지으며

"이거 그냥 공짜로 체험할 수 있는 건데 안 해 봐도 괜찮아?"

같은 말을 날렸다. "네네, 괜찮아요." 같은 말이 오가고 홍보지를 나눠 주시던 분은 나를 그대로 보내 주셨다. 이게 무슨. 지금 생각해 봐도 너무 웃기다. 그런데 공부 안 하는 건 맞지 않나? 따로 공부하지 않아도 충분히 수업 내용을 잘 따라가고 있다. 수업시간에 잘 듣는 게 중요한 거 아닌가? 엄마가 데리러 오기로 했으므로 그늘에 앉아 잠시 기다렸다.

학교 문을 나서는 순간, 놀라운 일이 벌어졌다. 더위가 나를 감싸며 5초 안에 기절! 시킬 것 같은 날씨인 게 아닌가. 이 날씨에 엄마 차가 빨리 오기만을 고대하던 그 순간. 드디어 엄마 차가 도착했다. 마치 차에 천사 날개라도 달린 것 같았다. 서둘러 차에 타고, 엄마에게 있었던 일을 이야기했다. 엄마는 이렇게 말했다.

"'공부 안 해요' 말고 '인생 공부해요'가 더 좋지 않았을까? 네가 하는 일은 인생을 공부하는 엄청 대단한 일이야."

Draco Lucius Malfoy

역시 우리 엄마 말솜씨는 알아줘야 한다. 엄마의 따뜻한 응원이 나를 이렇게 오늘도 컴퓨터 앞에 앉게 한 거 아닐까? 인생을 공부하는 기회를 준 엄마께 정말 감사하다. 며칠 전에 엄마 아빠와 함께 김해 천문대에 별을 보러 갔다. 김해 천문대는 예약제라서 3일 전부터 예약했다.

"엄마, 이 시간에 예약하면 돼? 시간 괜찮아?"

그렇게 두근거리는 마음으로 기다렸다. 그러자 별을 보기로 한 날은 예상보다 훨씬 빨리 다가왔다. 방학 시즌이라 천문대에 예약한 사람들이 많았다. 예약 가능한 건 가상 별자리 프로그램밖에 없었다. 가상 별자리는 예약제로만 진행되는 프로그램이다. 맑은 날에만 열리는 별자리 관측 프로그램도 있는데 열릴지 안 열릴지 불확실한 점 때문에 예약 불가능하다. 대신 그날이 맑을 때 가상 별자리 프로그램을 들은 사람에게 신청 우선권을 준다.

길게 말했지만 중요한 점은 예약 가능한 건 가상 별자리 프로그램이고, 실제 별자리를 관측하는 프로그램은 예약 불가능하다. 날씨의 상태에 따라 관측 가능 여부가 불확실하기 때문이다. 대신 그날이 맑다면 가상 별자리 프로그램을 예약한 사람에게 신청 우선권이 주어진다. 예약했는데 뜨는 메시지를 보고선 깜짝 놀랐다. 주차장에서 천문대 입구까지 도보 30분이 걸리고, 프로그램 시작 15분 전에 천문대 입구로 와서 접수해야 한다. 최소 45분 전에 주차장에 도착해야 하는 것.

기다림 속에 별을 보기로 한 날이 되었고, 우리는 차를 타고 출발했다. 다른 차를 타면 멀미라던지 불편한 증상이 하나도 나타나지 않는다. 아빠 차를 타기만 하면 속이 울렁거리고 멀미가 난다.

특히 뒷자리에 타서 더 심했던 것 같다. 우리의 계획은 밥 먹고 천문대로 가는 것이다. 울렁거리는 속을 붙잡고 간신히 우리가 밥을 먹기로 한 식당 앞에 도착했다.

식당에 도착했는데 문 앞에 5시까지 재료 준비 시간이라는 안내판이 붙어 있었다. 그래서 울렁거리는 속을 간신히 달래며 차에 붙어 있었는데 알고 보니 '평일'만 해당하는 일이었다. 별을 보기로 한 날은 주말이었다. '다행이다'를 속으로 외치며 차에서 내렸다. 그리고 가게 안으로 들어가니 웬걸, 생선 비린내가 가득했다. 가뜩이나 속이 안 좋은데 토할 것 같았다.

"엄마, 생선 비린내 나."

"생선구이 식당은 다 그래. 좀 있으면 괜찮아질 거야!"

자리에 앉아 무슨 메뉴를 주문할지 고민했다. 갈치구이와 고등어구이가 있었다. 그러던 중 엄마와 아빠 사이에 '1인 1 메뉴는 예의인가'라는 주제로 논쟁이 시작되었다. 엄마의 주장은 식탁에 앉는 의자 수, 가게 안에 돌아다니게 되는 사람 수, 둘이서 한 메뉴를 주문할 경우 한 명이 한 메뉴를 주문할 때와 가격은 똑같지만 쓰는 젓가락과 숟가락 수는 많아져 같은 돈을 벌고도 일을 더 해야 하는 경우 등을 근거로 1인 1 메뉴는 예의다라는 주장이었다.

아빠의 주장은 돈을 내고 사 먹는 것이기 때문에 주문은 마음대로 해도 된다는 주장이었다.

그런데 엄마 주장대로라면 나는 친구들과 베스킨라빈스에 가서 제일 작은 크기를 사서 세 명이 나눠 먹은 적이 있다. 그럼 우리도 민폐에다가 예의 없는 사람인 건가?라고 질문했다. 엄마는 우리는 아이들이고 돈이 많지 않으니 괜찮다고 하셨다. 그럼 엄마는 사정에 따라 도덕과 예의에 관련된 관념은 변할 수 있다는 건가? 일단 우리는 1인 1 메뉴를 주문했으니 토론 이야기는 여기서 끝내자.

기다렸더니 된장찌개와 밑반찬이 먼저 나왔다. 된장찌개는 국물 색이 맑고 큰 은색 냄비(전골 같은 거 해 먹을 듯한 냄비)에다가 담겨 나왔다. 테이블에 인덕션 설치되어 있었는데 그 위에 된장찌개 냄비를 올려 주셨다. 엄마는 테이블에 올려진 된장찌개를 데우셨다. 전자레인지의 전원을 켜고 조금 지나니 된장찌개에서 거품이 뽀글뽀글 올라왔다. 된장찌개 냄새를 맡으니 생선 비린내가 조금 적어졌다. 끓는 된장찌개를 한 숟가락 떠서 후후 불고 먹었다. 특별한 맛은 아니지만 포근한 맛이었다.

된장찌개를 7숟가락 정도 먹으니 드디어 생선이 나왔다. 고등어구이를 먼저 한 조각 뜯어서 밥 한 숟갈 위에 올렸다. 그리고선 후후 불었다. 몇 번 후후 분 뒤 입안에 넣으니 짭짤한 고등어 맛이 느껴졌다. 요즘에 고등어구이를 먹은 지 오래 되어서 그리웠다. 갈치구이도 먹었다. 갈치구이는 살이 조금 잘 부서지는 것 같았다. 짠 걸 좋아해서 간장을 찍어 먹었다.

배가 부를 만큼 맛있게 먹고 천문대로 출발했다. 차를 주차장에 세우고 걷기 시작했다. 다리가 아팠다. 천문대는 언제 나오나, 내가 별 보러 왔지 등산하러 왔나 싶었다. 왜 주차장을 멀리 만들어 놓은 건지 이해가 되지 않았다. 별 보려고 이런 고생을 하다니, 평소에 보이는 별을 감사히 봐야겠다는 생각이 들었다.

끝없어 보이는 길의 끝에는 천문대가 있었다. 예약해 두었던 내 이름을 댔다. 돈을 계산하고 티켓을 받았다. 나는 티켓 받기만 하면 비행기를 떠올리는 사람이라 왠지 기분이 좋았다. 좋아하는 게 생기면 그것과 조금의 연결고리라도 발견하면 가슴이 뛴다. 눈이 반짝거리고 충만함을 느낀다. 좋아하는 분야가 생긴다는 건 사랑과도 같다. 그 분야와 사랑에 빠지는 것이다. 사랑할 때는 조금이라도 상대와 관련된 것을 발견하면 가슴이 뛴다. 상대의 작은 행동도 놓치지 않는다. 그렇게 어떤 분야와 사랑에 빠지는 것이다.

시간 계산 실수로 1시간 정도 기다려야 했다. 너무 일찍 천문대에 온 탓이다. 엄마께서 책 한 권을 가져왔다. 우리는 어떻게든 시간을 보내 보기로 했다. 아빠가 갑자기 보이지 않아 순간적으로 놀랐다. 알고 보니 저 밑 벤치에 앉아 있었다. 아빠를 찾으러 벤치에 도착했다. 아빠는 신발을 벗고 벤치에 발을 올리고 앉아 있었다. 눈을 감고 명상하는 것처럼 앉아 있어 의아했다. 아빠를 데리고 천문대 건물 안으로 들어갔다.

천문대 안, 전시물들을 구경했다. '푸코의 진자'라는 게 있었다. 책에서 한 번 본 적이 있어서 보자마자 '어, 저거 푸코의 진자 아니야?' 하고 생각했다. 걸어가 확인해보니 맞았다. 지구의 자전을 이용해 어떤 장치 없이도 계속 움직일 수 있는 진자를 만드는 거였다. 지구의 자전을 증명하기 위한 장치이다. 벽에 붙어 있는 소용돌이 모양의 계단이 있었다. 계단을 오르는데 올라가다 보니 무서웠다. 떨어지면 어쩌지, 무너지면 어쩌지? 무섭지만 옆에 가족들이 있다는 걸 상기시키며 가까스로 전망대까지 올라갈 수 있었다.

전망대는 생각보다 작았다. 하지만 김해 시내가 확 보였다. 정말로 '확' 보였다. 확 보이는 김해 풍경을 본 후 소용돌이 계단을 다시 돌아 내려왔다. 여기저기 다니다 보니 벌써 프로그램이 시작할 시간이 다가왔다. 대기 장소에 줄을 서 있었다. 문이 열리고, 프로그램이 시작되었다. 티켓을 확인받고 천체 투영실 안으로 들어갔다.

설명을 듣다 보니 정말 빠지는 기분이었다. 설명 속으로 빠져서, 정말 아주 어두운 곳에 누워 별을 보고 있는 것만 같았다. 별들이 나에게 속삭이고 말을 거는 것 같았다. 프로그램이 좀 길었으면 좋겠다는, 늦게 끝났으면 좋겠다는 생각이 들었다. 하지만 내 바람도 무색하게, 프로그램이 벌써 끝나버렸다.

'별을 보고 싶다.' 내 소망이 이루어졌다. 몇 달 전 지구의 자전과 공전, 그리고 계절 별자리에 대해 배울 때. 그때부터 시작된 소망이었다. 하지만 귀찮아서 미루고, 기억이 안 나서 미루다 보니 결국 흐지부지되었다. 그런 소원을 이뤄준 엄마와 아빠에게 감사하다. 내가 힘들 때 떠올릴 수 있는 추억을 만들어 주셔서 감사하다.

5장

나를 만든
조각

시간 많은 사람이 시간을 아껴 쓴다

엄마께서 어느 날 나의 스마트폰을 없애겠다고 말씀하셨다. 처음에는 눈물이 났다. 다음에는 나름대로 변명을 시작했다.

"그래도 스마트폰으로 음악도 듣고, 궁금한 게 있으면 정보도 찾아보고, 그림도 그리고 잘 쓰고 있는데?"

안 되니 억지 부리기를 시도했다.

"싫어, 안 바꿔, 안 해."

지금 생각해 보니 너무 웃기다. 일단 결정되니 나의 태도는 바뀌었다. 학교 갔다 와서 할 만한 재미있는 일들을 찾았다. 내가 찾은 것은 페이퍼 크래프트였다. 종이에 인쇄된 도안을 자르고 붙여서 입체적으로 무언가를 만드는 것이다. 도안은 마치 아이들이 타는 조그만 미끄럼틀을 타고 내려가듯 쉬운 것부터 누워서 떡 먹기의 완전 반대말만큼 어려운 것까지 다양하다. 여러 가지 검색어를 바꿔 가며 관련 사이트, 도안들을 찾았다. 이런 쪽으로 꽤 많은 자료가 있는 사이트를 찾았다. 그것은 바로 '캐논 크리에이티브 파크' 캐논이라는 회사(아마 우리 집 카메라도 이 회사 제품인 것 같은데)에서 운영하는 듯한 사이트였다. 도안이 만들기 쉬우면서도 멋있다.

우리 집 프린터로 페이퍼 크래프트를 하려면 큰 문제가 있었다. 바로 우리 집 프린터는 컬러 인쇄가 되지 않는다는 것. 생뚱맞게 아빠에게 전화해선 프린트를 좀 해달라고 했다. 아빠는 나에게 예상치 못한 즐거움을 주고 싶었던 것 같다.

"여진아, 프린트 내일 해줘도 되지?"

내심 실망했었다. 그래도 내일까지만 기다리면 아빠가 프린트를 들고 올 거라는 기분 좋은 예감이 들었다. 아빠가 집에 왔다.

"아빠! 보고 싶었어."

"사랑하는 딸 주려고 프린트해 왔다! 엄마였으면 안 해 주려고 했는데 우리 딸이 부탁하니까 해줘야지."

아, 난 이래서 아빠가 좋다! 오늘도 마음속으로 아빠에게 무한 사랑을 보낸다. 프린트를 받은 나는 바로 작업에 착수했다. 처음으로 만들게 된 도안은 '햄스터'였다. 동물이라면 전부 좋아해서 '귀여운 햄스터!' 하며 만들기를 시작했다. 놀라운 집중력으로 30분 정도 걸렸던 것 같

다. 먼저 머리가 될 부분을 만들었다. 종이를 자르고 그 예의 주황색 양쪽 뚜껑 본드를 종이의 여백에 짰다. 이렇게 하는 이유는, 본드를 바로 바르면 양이 너무 많아서 이렇게 짜 놓은 후 이쑤시개 등에 찍어 바른다.

생각했던 것보다 머리에는 풀칠이 필요한 부분이 많이 없었다. 짠 본드의 3분의 1 정도밖에 못 썼다. 뭐, 할 수 없지. 볼 부분을 빨리 오리고 붙이면 되지 않겠어? 는 나의 실수였다. 오리는 동안 본드는 말라 접착력이 조금 떨어진 상태가 되어 버렸다. 다음에는 먼저 자른 후 붙여야겠다.

햄스터 도안은 머리와 볼, 손(앞발), 몸통, 햄스터의 앞발에 붙여 줄 해바라기 씨로 구성되어 있다. 완성된 햄스터는 곳곳에 하얀 선들도 보이고, 모양 잡으려다 구겨진 부분도 몇 있긴 하다. 하지만 내가 만들었는데 뭔들 안 귀여워 보이겠어? 본인 작품은 아무리 엉성해도 소중하고 예뻐 보이는 법이다. 몇 번 손가락으로 쓰다듬다가 아빠에게 보여줬다.

"아빠, 나 아빠가 인쇄해 준 도안으로 이렇게 만들었어!"

다음으로 꺼낸 건 빵집 만들기 도안이었다. 아빠에게 부탁한 도안은 두 가지였다. 햄스터 도안과 빵집 만들기 도안. 빵집 도안은 A4용지 14장 정도의 양이다. 처음 만든 햄스터는 한 장인데. 양이 많은 도안으로 처음 시작하면 하다가 많이 지칠 것 같아서 햄스터를 먼저 만들었다. 조금 있다가 만들고 싶은데, 다른 쉬운 도안들

더 만들다가. 기다리기 귀찮으
니 그냥 한 번 질러볼까? 이래
서 빵집 만들기를 시작하게 된
것이다.

　먼저 빵집의 바닥을 만들어
야 했다. 으레 아파트 바닥에 있
는 나뭇결을 닮은 것 같지만 절
대로 나무는 아닌 것. 플라스틱
비슷한 것 같은데 또 그건 아닌
거 같다. 그 바닥을 먼저 만들기 시작했다. 바닥 위에 벽과 빵 진열
대를 붙이기 때문에 무게가 버틸 수 있도록 단단해야 했다. 스케치
북을 찾아왔다. 그림 두 장 정도 그리고, 나뭇잎 도장 찍어서 액자
만든 것 외에는 그린 게 전혀 없다. 스케치북엔 남은 종이들이 가득
했다. 한 장을 뜯었다. 바닥 도안에 풀을 발라 스케치북에 붙였다.
　종이가 두꺼워서 그냥 접으면 잘 접히지 않는다. 칼등으로 접히
는 부분을 살짝 그은 후 접어야 한다. 접는 부분 접고, 풀칠할 부
분 풀칠하고 나니 놀랍게도 꽤 괜찮은 바닥이 완성되었다. 벽을 만
들 차례다. 똑같이 스케치북에 붙여서 자르고 붙인다. 벽 3개를 완
성하고 나면 꽤 모양이 갖춰진다. 바닥과 벽을 다 만들었다면 이제
는 스케치북 종이를 쓸 필요가 없다. 이번에는 빵 진열대를 만든
다. 이게 어째서 진열대가 되는 걸까? 의문이 들지만 접고 나니 그

런 생각은 싹 사라진다.

빵이 들어갈 바구니를 만들어야 하는데, 손잡이 부분이 말썽이었다. 손잡이 부분은 동그란 호 형태로 이루어져 있다. 호 안에 빈 부분을 잘라내서 손잡이를 잡을 때 손가락이 들어갈 수 있게 만들어야 한다. 그러기 위해서는 빈 부분을 칼로 잘라내야 한다. 커터 칼로 종이를 잘라 본 경험이 적어서 어떻게 다루는지 잘 몰랐다. 자르다 보니 잘라내려던 부분은 덕지덕지 남아 있고, 손잡이 부분은 반으로 쪼개지거나 개떡이 되어 있었다.

바구니 여섯 개 중 세 개를 망쳐 놓고 나니 머리에 떠오르는 게 있었다. 커터 칼을 잡는 방법을 바꿔 보는 것이다. 지금까지는 커터 칼을 세로로 세워 잡고 칼끝으로 그었다. 잘 잘리지 않고 종이가 하얗게 일어나거나 구겨졌다. 이번에는 최대한 커터 칼을 세우지 않고 가로로, 평행과 가깝게 잡아 보았다. 선이 날렵하게 잘리고, 종이가 일어나는 일도 없었다. 역시 몇 번 실패해 봐야 제대로 깨닫게 되는 것 같다. 이날의 깨우침은 지금까지도 머릿속에 남아 잘 쓰이고 있다. 커터 칼 쓰는 데 나름 감을 잡은 것 같다.

좋아하는 작가님 세 분이 계신다. 그중 한 분이 나의 글쓰기 스승 이은대 작가님이다. 처음 읽게 된 이은대 작가님의 책은 《내가 글을 쓰는 이유》이다. 엄마가 글을 쓰기 시작한 계기이기도 했고, 엄마의 강력 추천으로 읽게 되었다. 이은대 작가님 책은 흡수력이 대단하다. 정신 차려 보면 "멋있다, 진짜 멋있다, 너무 멋있다."를 연발하며 책을 읽고 있다.

이은대 작가님이 강의 중에 말씀하신 글쓰기 방법들도 잘 쓰고 있다. 문장을 너무 길게 쓰지 말고 짧게 쓰기 같은 것들. 문장이 너무 길어지면 마침표를 적절히 사용해서 짧은 문장 여러 개 만들어야 한다는 것. 이유는? 글은 읽혀야 하기 때문이다. 우리나라 성인 평균 1달 독서량이 한 권도 안 된단다. 한 달에 한 권도 안 읽는 사람들에게 '읽히려면' 갖가지 원칙들은 고사하고서라도 읽기 편하게 써야 한다는 것이다.

그리고 '쉽게' 써야 한다. 어렵고 긴 글을 계속 읽을 만큼 인내심 있는 사람은 적다. 짧게 쓰고 쉽게 쓰기, 어떤 방법을 동원해서라도 '읽히게' 써야 한다. 어떻게든 읽혀야 사람들에게 도움을 주는 글이 된다. 그러니 시간 많은 내가 좀 읽고 써 줘야지. 안 그래? 하하!

적용한다고 해 봤는데 내 글이 여전히 어렵거나 길다고 생각하시는 분들. 이쯤에서 심심한 사과를 건넵니다. 작가 능력이 아직 부족해서. 이해 부탁드립니다. 지금까지 읽어주신 당신에게 큰 박수. 짝짝. 이은대 작가님의 강의를 듣고 글쓰기에 '입덕' 하게 된 나는 매일매일 일상을 담은 글쓰기를 하고 있다. 그리고 오늘도 "멋있다! 정말 멋있다!"를 반복하며 이은대 작가님의 책과 블로그 글을 읽는다.

내게 주어진 시간이 하루 25시간인 건 아니다. 하지만 내가 쓰

고 싶은 곳에 시간을 쓰는, 시간 부자다. 내게 시간이 많았기에 카
피책을, 정철 작가님을 발견했고 글쓰기를 알려주신 이은대 작가
님의 응원 받으면서 글 쓰는 시간을 누리고 있다. 시간이 많은 인
생을 살게 해준 모두에게 감사하다. 더불어, 아이를 낳는다면(결혼
은 안 할 계획이지만 혹시라도) 나처럼 시간이 많은 인생을 살 수 있
도록 하고 싶다.

그리고 많은 사람이 나처럼 시간 부자 인생을 살 수 있었으면
좋겠다.

하루가 모여 인생이 된다

할아버지 생신을 맞아 할아버지 댁에 갔다. 심심할 때 볼 책 두 권을 챙기고 차에 올라탔다. 할아버지 댁까지 가는 길에는 아름다운 풍경들이 가득했다. 은빛 물결이 치는 낙동강(물론 녹조가 가득했지만 멀리서는 보이지 않았다), 다양한 깊이의 파란색들과 바람에 의해 시시때때로 바뀌는 구름이 가득한 하늘. 나무에 매달린 아직 익지 않은 초록색 감, 연두색의 물결로 넘실대는 논들이었다.

가는 길에는 꽤 좋은 생각들도 떠올랐다. 하늘은 평화로워 보이지만 구름은 바람에 지워지지 않으려 사투를 벌이고 있을 테지. 차속에 자리하는 우리는 제2의 공간에 있다. 밖의 소리와 안의 소리가 분리되어 우리만이 존재하는 두 번째 세계. 제2의 공간에서 밖을 바라보면 끝없는 평화처럼 보일 테지. 하지만 그곳에서는 각자가 치열한 삶을 살아가고 있겠지. 비행기에서 창문 아래로 보이는 도시는 심하게 평화로워 보이겠지. 공간의 분리는 대상을 다른 시

각으로 볼 수 있게 한다. 뫼비우스의 띠 안에 있으면 끝없이 계속되는 길, 물러나 바라보면 알게 되겠지. 단순히 한 면이 꼬인 도형이라는 것을. 문제 안에 있어서는 문제의 본질을 파악할 수 없다. 물러나 문제 전체를 직시할 때 비로소 우리는 단순하지 않을 데 없는 고민할 필요도 없는 문제라는 것을 알게 되겠지.

스마트폰을 바꿨다. 이상한 알림이 오지 않고 게임들도 내 머릿속을 떠났다. 스마트폰을 없앰으로써 게임보다 더 즐거운 일상에 도달했다. 스마트폰을 없앤 뒤로 여러 가지 변화들이 생겼다. 차를 타고 갈 때 밖을 바라보기 시작했고 차를 타고 가는 시간을 죽은 시간이 아닌, 살아 있는 시간으로 바꾸어냈다.

"엄마, 이 길은 처음 오는 길이네?"

"응? 할아버지 댁 갈 때 우리가 맨날 다녔던 길인데?"

왜 처음처럼 느껴지는지 이유를 알 것 같아, 지금까지는 매번 스마트폰을 보고 있어서 바깥 풍경을 못 본 거 아닐까? 엄마는 이렇게 말씀하셨다. 스마트폰을 없애고 나서의 하루가 모여서 나의 인생이 되었으면 좋겠다. 매일 스마트폰만 바라보고 있는 것보다 더 재미있는 일이 있다는 것을 이제 알았다.

글을 쓴 지 대략 40일이 넘었다. 처음 글을 쓰기 시작했을 때는 이것도 며칠 하다가 그만둘 줄 알았다. '아 글쓰기 노잼' 하면서 때려치울 줄 알았다. 그런데 이상했다. 일주일이 지났는데도 내가 본능적으로 매일 글을 쓰고 있었고, 2주일이 지났는데도 매일 글을 쓰고 있었고, 한 달이 지났는데도 내가 매일 글을 쓰고 있었다.

친구들과 워터파크에 놀러 간 적이 있다. 평소에 무서운 놀이기구를 정말로 못 타는 편이다. 항상 워터파크에 가면 물에서 물장구만 치다가 집에 온다. 하지만 충분히 재미있는 시간이었기에 후회는 없었다. 친구들과 놀러 가면 좋은 점이 있다. 항상 새로운 것 한 가지는 도전하게 된다는 것.

워터파크에 가면 놀이기구가 좀 무섭더라도 같이 타기로 약속했다. 처음 타기로 한 건 놀이기구를 생각하기 이전에 꼭대기 높이만으로도 무서웠다. 나는 비장의 무기를 꺼내 들었다. 도망가기. 두 슬라이드가 한 건물에 있었다. 올라가는 계단에 줄 서는 곳이 3개로 나누어져 있다. 우리가 타기로 한 슬라이드의 줄, 다른 슬라이드의 줄, 매직 패스(아마도 돈 내고 빨리 타는 줄인 듯) 줄로 세 줄이다. 나는 올라갔다가 너무 무서워서 사람 없이 비어 있는 매직 패스 줄을 통해 내려왔다. '아 진짜 무섭다 나 어쩌지?' 하면서 내려왔다. 들어왔던 길을 반대로 돌아 나오니 입장 확인하는 직원분이 계셨다. 무서워서 내려왔다고 하니

"물이라도 좀 드릴까요?"

하셨다. 감사합니다. 그런데 그 정도는 아니에요. 신경 써 주셔서 감사합니다.

그 후에 탈 만한 다른 걸 탔다. 물에서도 놀고 재미있게 놀다가 집에 왔다. 집에 갈 때는 친구 어머니가 데려다주셨다. 집에 도착해서 글을 썼다. 한 문장이라도 쓰고 싶었다. 매일 쓰는 일을 습관으로 만들고 싶었다. 그래서 나는 썼다. 어떻게든 쓰려고 노력한 그 날들이 지금 쓰고 있는 나를 만들었다. 그날들이 작가 전여진을 만들 것이고 지금 쓰고 있는 이 책을 만들 것이다.

뜨개방에 가면 앉아서 같은 행동을 반복한다. 실을 엮고 엮다 보면 점점 입체적인 모양이 나온다. 선, 1차원에 불과하던 실이 내 행동의 반복으로 인해서 3차원, 면이 된다. 앉아서 그저 반복하기만 하면 실 상태에선 상상도 못 했던 모양이 만들어진다. 내 손끝으로 인형에 생기를 불어넣는다.

뜨개방에 처음 갔을 때 엄마가 제일 마음에 들어 한 인형이 있었다. 토끼 인형인데 팔다리가 길고 멜빵 옷을 입고 있었다. 엄마 말로는 이렇게 팔다리가 긴 토끼 인형 브랜드가 있다고. 사실인지는 모르겠다. 어릴 때 친한 동생 집에서 비슷한 인형을 본 적이 있다. 하얀 털을 가진 토끼, 팔다리가 긴 토끼. 그 동생과 놀 때는 항상 역할놀이를 했다. 그 아이는 항상 역할놀이를 할 때 그 인형을 안고 있었다. 그 동생이 굉장히 좋아하는 토끼 인형 둘이 있다. 노란색의 다른 인형들보다 조금 더 큰 토끼 인형. 노란색 나비넥타이도 달고 있었다. 하나는 방금 말한 팔다리가 긴 흰색 토끼 인형.

같은 아파트에 살았다. 내가 사는 동과 그 아이가 사는 동은 두 동을 사이에 두고 있었다. 놀이터에서 모래를 만지작거리며 놀고, 서로의 집에 놀러 가기도 했다. 엄마 말로는 아주 어릴 때부터 친구였다고 한다. 엄마는 그 토끼가 좋다고 했다. 엄마는 장난감을 사 달라고 조르는 어린아이처럼

"여진아 이거 예쁘다! 이거 만들어 줘!"

아니 그게 좋으면 엄마가 만들지 왜 나한테 부탁하는지 모르겠다. 그런데 예쁘긴 예쁘네. 연습 좀 하고 저거 만들어 봐야지. 집에 두면 귀여울 거 같다. 밤에 잘 때 안고 자면 좋은 꿈을 꾸려나?

토끼 만들기 대장정 시작에 영향을 준 것은 한 가지 더 있었다. 친구가 만들던 인형을 끝냈다. 처음으로 만든 우리의 새. 친구의 새는 민트색이고 나의 새는 연두색이었다. 내가 사랑하는 새, 우리 집 피요를 사랑하는 마음을 담아 한 땀 한 땀 만든 새. 그 새가 완성되고 나자 친구는 대바늘로 목도리 만들기를 시작했다. 매일 매일 뜨

니 친구의 목도리는 어느덧 점점 길어지고 있었다. 그런데 문제가
생겼다. 계속 같은 작업을 반복하다 보니 지루해진 것이었다.

선생님께서 좋은 생각을 해내셨다. 목도리는 집에서 만들고, 뜨
개방에서는 인형을 만드는 게 어떠냐는. 그리고 친구는 수락했다.
그래서 친구가 시작한 인형은 펭귄 잠옷을 입은 아이 인형이었다.
귀여운 동물 잠옷을 입은 인형. 지금까지 만들던 인형보다는 조금
더 컸다. 친구가 큰 인형을 만드니 갑자기 나도 큰 인형을 만들고
싶다는 욕심이 솟구쳤다. 만들고 있던 인형을 빨리 만들고 싶어졌
다. 열심히 뜨다 보니 완성이었다. 나는 다음 인형으로 엄마가 예
쁘다고 말했던 토끼를 선택했다.

뜨다 보니 토끼 몸통이 완성되었다. 너무 큰 걸 만들면 아이들
이 지루하니 선생님께서 토끼 머리와 다리를 주셨다. 머리와 몸통
을 연결하고 나니 볼링 핀처럼 보였다. 그런데 선생님이 하신 말이
조금 기분 나빴다. 친구가 질투가 많은 거 같으니 다리를 선생님이
만들어 줬다고 말하지 말라는. 나는 내 친구가 만드는 인형 머리를
선생님이 대신 떠 주든 말든 아무런 상관이 없다. 다른 모든 부분
은 그 친구가 직접 손으로 만든 것이고, 그게 아니더라도 나한테는
신경 쓸 권리가 없다.

아무래도 선생님은 일생의 반 이상을 같이 보낸 친구와의 우정
을 너무 얕게 생각하시는 것 같다. 내 친구에 대해 함부로 말하는
게 그렇게 유쾌하지 않다. 누가 뭐라고 하든 친구는 소중하다. 내

친구에 대해 아무리 헛소문이 돌거나 욕을 해도 나만은 친구를 믿을 것이다. 어떤 일이 있어도 자신을 믿어주는 사람이 곁에 있다는 걸 내 친구들이 꼭 알았으면 한다.

어쩌다 친구 얘기를 하게 된 건지 모르겠다. 친구와 함께하는 하루하루, 그렇게 모여서 우정이 되고 인생이 될 것이다. 친구를 믿는 하루가 모여서 헛소문을 믿지 않는 내가 될 것이다. 지금의 우정이 나의 우정이라는 퍼즐의 조각이 될 것이다. 친구와 함께하는 하루가 나의 조각이 되어 나의 인생이 된다는 사실이 감사하다.

상처 주지 않고 상처받지 않기

친구와 함께 떡볶이 무한리필 뷔페에 갔다. 친구네 가족이 가는데 나는 따라갔다. 몇 주 전부터 친구 동생들(무려 둘이다)이 나를 별로 달가워하지 않는 것 같다. 끼기가 조금 그랬다. 그래도 따라갔다. 그 친구는 같이 있으면 편하고 즐거운 사람이다. 친구랑 더 놀고 싶어서였다.

차를 타고 가는 길에 친구 동생들은 여전히 표정이 안 좋았다. 내가 같이 가서 그런 건가? 하는 생각이 들었다. 불현듯 작가님 강의에서 들었던 내용이 떠올랐다. 3분의 1 법칙. 어떤 집단에 가더라도 그 집단의 3분의 1은 나를 좋아하고, 3분의 1은 그저 그렇고, 3분의 1은 나를 싫어한다는 법칙이다.

물론 증명된 것은 아니지만 이 법칙을 생각하고 살면 살기가 편하다고 한다. 왜? 사람들은 항상 나를 싫어하는 3분의 1에 집중한다. 하지만 그들에게 아무리 집중하고, 혼자 슬퍼해도 그들은 바뀌지 않는다. 차라리 3분의 1의 나를 좋아하는 사람들만 보고 살면 인생이 쉬워진다는 것. 나를 싫어하는 3분의 1을 빨리 만나야지 나를 좋아하는 3분의 1을 많이 만날 수 있다는 것.

이렇게 생각하니 친구네 동생이 뭐라고 말하든 신경 쓰이지 않았다. 나의 장점 중 하나는 무엇을 배우던 내 삶에 바로 적용할 수 있다는 것. 실천하는 삶을 산다는 것. 그리고 이렇게 나를 장점이 많다고 말할 수 있다는 것. 사실인데 뭘?

전구와 형광등에는 다른 점이 있다. 전구는 전기의 대부분을 열로 소모한다. 그래서 들어간 전기와 나온 빛의 양이 다르다. 형광등은 거의 열을 내지 않아 들어간 전기와 나온 빛의 차이가 적다. 인생에 적용하면 이렇다. 전구 같은 사람은 기분 나쁜 일에 신경 쓰고 화를 내느라 에너지를 소비한다. 형광등 같은 사람은 기분 나쁜 일은 물 흐르듯 흘려보낸다. 기분 좋고 행복한 일, 내가 해야 할 일에 집중한다.

사람이 하루에 얻을 수 있는 에너지는 한정적이다. 화로 에너지를 허비하는 사람과 집중해야 할 일에 집중하는 사람 둘 중 누가 더 많은 성과를 얻을까? 답은 간단하다. 집중해야 할 일에 집중하는 사람. 형광등 같은 사람이다.

4학년 때, 학교에서 '아람단' 이라는 단체를 모집했다. 구구절절 설명되어 있지만 사실 단체로 놀러 다니는 곳이다. 딱히 가입하고 싶지 않았다. 무엇보다 엄마에게 안내장을 갖다 주는 게 귀찮았다. 왜일까? 분명 내가 하고 싶다고 하면 도와주실 텐데 말이지.

아람단에 가입한 친구들은 여기저기로 놀러 다녔다. 물론 학교를 빠지고 다닌 것은 아니다. 주말에 단체로 여기저기에 놀러 다니는 것을 보며 부럽다고 생각했다. 처음 모집 때 받은 안내장을 읽어 보니 재미있는 체험학습들이 많았다. 게다가 여름방학 때는 3박 4일로 서울에 가는 일정도 있었다. 실수했다는 생각이 들었다. 가입하고 싶다. 엄마에게 이야기했다.

엄마는 담당 선생님과 통화를 하신 후 나에게 말씀하셨다. 가입은 됐는데, 이번 여행에는 못 가고 다음부터 갈 수 있다고 하셨다. "예야! 다음번 여행은 갯벌 체험이던데 나도 갈 수 있는 거야!" 시간이 흘러 다음 해가 되었고 나는 5학년이 되었다. 5학년의 여름방학이 다가오고 있었다. 담임 선생님께서 아람단 멤버들에게 안내장을 나눠 주셨다. 일정이 적혀 있고 종이 한 부분에 참석 여부를 표시해 제출하면 된다.

　엄마는 당연히 가도 된다고 하셨고 나는 환호했다. 다음날 참석 여부에 동그라미 표시가 되어 있는 안내장을 가지고 학교로 가는 발걸음이 가벼웠다. 안내장의 참석 여부 설문 부분을 잘라 아람단의 담당 선생님 교실로 가는 길에 콧노래가 나왔다. 담당 선생님의 교실 앞문에는 가져온 안내장의 설문 부분을 넣을 봉투가 있었다.

　기다리는 날은 더 천천히 오고, 오지 않기만을 바라는 날은 생각보다 훨씬 빨리 오곤 한다. 그렇더라도 너무 신경 쓰지 말고, '뭐든 지나가리라'라는 마음으로 기다리다 보면 기다리던 일도 오긴 온다. 신청서를 내고 며칠은 얼마나 남았는지 세 보며 기다렸다. 하지만 그 며칠이 지나가고 나니 더 재미있는 일들이 많아졌다. 친구와 놀기라던가, 집에서 뒹굴거나. 기다림보다 나은 일들이 많았다. 어떤 일을 기다릴 때 그 일은 중요 기억들을 모아둔 바구니에서 사라졌다. 그리고 출발일이 며칠 남지 않은 그날, 그 기억은 다시 중요 기억 바구니로 되돌아왔다.

출발하기 전에 짐을 싸고, 물론 4학년의 여름방학 때도 해 본 일이라 별로 힘들지는 않았다. 아니, 엄밀히 말하자면 내가 싼 건 아니다. 내 절친한 친구도 나와 함께 가기로 했다. 4학년 때는 아는 사람이 없었다. 도착해서 어떻게든 친구를 사귀었지만. 그래도 이번에는 절친한 친구와 함께 있다는 사실은 더없이 행복했다.

버스의 아랫부분이 열렸다. 거참 신기하네. 그 부분이 일반적인 승용차의 트렁크라도 되나 보다. 그 부분에 내 가방을 싣고 버스에 올라탔다. 도착하면 생길 일들을 상상하니 얼굴에 미소가 피었다. 에버랜드에 갔다가 돌아오는 길이다. 그런데 나와 친구 뒷자리에 앉은 애들이 누군가 험담을 하고 있었다. 들려오는 내용이 나를 가리키는 것 같아서 움찔했다. 내 이야기가 아닐 수도 있다는 걸 알았지만 어쩔 수 없다. 눈물이 나올 것 같았다. 울지 않으려고 눈을 감고 자는 척을 했다. 주의를 돌리려고 노력했지만 쉽지 않았다.

남은 시간 동안 나는 이 여행이 제발 빨리 끝나기를 빌고 있었다. 옆에 친구가 있다는 것이 조금 위안이 되어 주었다. 버스를 타고 집으로 돌아오던 날, 나는 우리 동네가 그렇게 반가울 수가 없었다. 남은 방학 동안에도 잊힐 때쯤 다시 떠올랐다. 전혀 그 일과 상관없는 상황에서 갑자기 눈물이 나왔다. 엄마는 내게 이렇게 말했다.

"그럼 걔들한테 전화해서 직접 물어봐! 네 험담이 아닐 수도 있잖아."

맞는 말이긴 한데, 중요한 건 내가 무섭다고요. 게다가 내 오해라면 그걸 들은 사람은 기분이 어떻겠어? 누군가 갑자기 나에게 전화해서 '너 내 험담했니?'라고 물어보면 나라도 기분이 나쁘겠다.

엄마가 전화해서 직접 물어보는 걸 강력하게 추천하는 바람에 나는 결국 전화를 걸었다. 이게 무슨. 신호음이 울리는 걸 듣고 받기 전에 끊어버릴까 하는 생각도 들었다. 끊으려 해도 끊을 수 없는 게, 상대방이 이미 전화를 받아버렸다. 그리고 나는 어이없는 질문을 던졌다. 결과는 의외였지만 다행이었다. 내 험담이 아니었던 것. 쓸데없는 걱정 때문에 방학 며칠을 쓰레기통에 던져 버린 것이었다.

내 험담이 아닐 수 있다. 나를 상처받게 하려고 던진 말이 아닐 수 있다. 그리고 만약 내 험담이 맞더라도 상처받을 필요가 없다. 시간이 귀하지도 않은지 수군수군 남의 험담이나 하는 사람들의 말을 신경 쓸 필요가 뭐 있는가? 그런 사람들보다는 지금 이 글을 읽고 있는 당신이 훨씬 훌륭합니다.

그리고 당신이 오늘 다른 사람의 험담을 했다면, 점차 줄이면 된다. 당신이 험담을 꼭 해야 할 만큼 기분 나쁜 사람이 있다면 그냥 잊으면 된다. 그 사람은 그냥 인성이 그런 것이다. 그러니까 무시하면 된다. 굳이 험담으로 그 사람과 똑같은 수준의 사람이 될 필요가 없다. 그리고 당신을 기분 나쁘게 하려고 한 행동이 아닐 수 있다. 당신의 오해일 수 있는 것이다. 오해 때문에 다른 사람 험담을 하며 시간을 허비한다면, 당신 입과 시간이 너무 아깝다.

'아니요'를 듣고 '아니요'를 말할 때

　거절은 참 중요하다. 거절을 못 하면 곤란한 상황이 생길 수 있다. 거절은 어떤 행동, 일, 말들에 대한 거절이지 나 자체의 인격에 대한 거절이 아니다. 그 사람은 단지 나의 어떤 행동을, 말을 거절했다. 나의 존재 자체를 거절한 사람이 아니다. 당신의 인생에 있어 백 명의 사람들의 머리카락 중 한 올처럼 아주 작은 부분. 바로 그 부분만을 거절했다. 왜 당신 전부를 거절했다고 생각하는가. 왜 멋대로 해석해서 '저 사람은 나를 싫어해'라고 생각하는가. 이런 '거절에 대한 과대해석'을 나도 많이 했다.

　친구에게 놀자고 전화해서 '안 될 것 같다' 답을 들으면

　'저 친구는 내가 싫은가? 나랑 놀기 싫은가?'

라고 생각했다. 친구는 피곤했을 수도 있고, 가족끼리 약속이 있을 수도 있고, 다른 친구와 먼저 약속을 잡았을 수도 있다. 친구의 거절에는 여러 가지 이유가 있을 수 있다. 어떤 이유가 있든 친구의 거

절은 친구의 생각이고 나는 그것을 존중해 줄 필요가 있다. 굳이 친구의 거절에 붙일 만한 이유를 이것저것 찾아 붙여 본다. 그중 내게 가장 상처를 주는 이유를 '이거다' 하며 친구의 거절 앞에 붙인다. 상대의 거절 앞에는 그의 이유가 아닌 나의 이유를 붙일 수 없다. 오직 그가 직

접 말해 준 이유가 아니라면 그의 거절 앞에 붙일 수 없다.

그의 이유가 아닌 나의 이유를 마음대로 붙이다 보면 그것은 점점 쌓인다. 서로의 이유를 마음대로 해석하고 그 이유를 머릿속에 쌓아 두다 보면 언제든 터진다. 마치 지뢰를 묻는 행동과 같다. 전혀 그럴 필요가 없는데도 불구하고, 오해라는 지뢰를 마음속에 묻어 둔다. 그걸 실수로 밟기라도 하면 터진다. 상대는 내가 그런 오해를 했다는 것을 알지도 못한 채, 오해라는 지뢰를 밟아 생긴 폭발을 영문도 모르고 정통으로 맞게 되는 것이다.

4학년 때, 학교에서 프리마켓이 열렸다. 우리 학년은 1, 2, 3학년들이 물건을 사고, 그러니까 쓸모 있고 예쁜 물건들을 털고 나서 프리마켓에 물건을 사러 갈 수 있었다. 물건들을 살피며 '그래도 산소 분자 한 개의 무게만큼은 쓸모가 있을 물건'을 찾아 나섰

다. 그 결과로 주황색 구슬들이 엮여 만들어진 목걸이와 귀를 뚫지 않고 할 수 있는 목걸이와 세트인 귀걸이, 어디 놀러 갈 때 샴푸 같은 걸 담을 수 있을 것 같은 통. 통은 초록색이었고 하얀색의 뚜껑이 달려 있었다. 뚜껑을 누르면 나오는 구조 등을 살 수 있었다. 사실 지금 생각해 보니 그 목걸이와 귀걸이를 쓸모 있다고 생각한 이유를 잘 모르겠다.

물건들을 안고 교실로 돌아왔다. 인형 몇 개를 건진 아이들도 있고, 무엇을 사 먹었다는 아이들도 있었다. 도대체 이건 어디에 쓰는 건지 궁금해지는 물건을 사 온 아이들도 있었다. 물론 프리마켓에서 의외의 보물을 발견한 아이들도 있었다. 검은 밤하늘이 공허해 보이지 않는 이유는 달과 별이 반짝이고 있기 때문이겠지. 프리마켓에 오는 이유는 그 안에 '보물'들이 하나쯤 숨겨져 있다는 것을 알아서가 아닐까?

프리마켓이 열린 시간대는 공교롭게도 하루의 마지막 교시였다. 모여든 아이들은 집에 갈 채비를 하고 있었다. 물론 빨리 사고 먼저 집에 가 버린 아이들도 없지는 않았다. 나는 하교 다음의 일정이 없기에 다음 스케줄을 위해 학교를 떠날 준비를 하는 친구들과 여유롭게 수다를 떨었다.

A라는 아이가 있다. 전에 나온 친구와는 다른 사람이다. 내가 산 목걸이와 귀걸이를 보고는 다짜고짜 자신에게 달라고 했다. 물론 내가 돈 주고 산 물건이고, 물건의 권리는 내게 있으므로 나에

게는 거절할 권리가 있었다. 싫다고 말했다. 치사하다고 화를 내며 가 버렸다. 도대체 내가 내 물건을 안 주는데 왜 치사하다는 소리를 들어야 하는 거지?

결정에 이용된 절차가 공정하다는 느낌을 '절차적 정의'라고 한다. 거절할 때, 상대방이 이 '절차적 정의'를 느낄 수 있도록 하자. 상대도 거절을 잘 받아들일 수 있고, 나는 거절했다는 죄책감도 가지지 않게 된다. 더불어 올바른 거절을 통해 오히려 거절하기 전보다 더 좋은 사이로 발전할 수 있다. '저 친구가 나를 이렇게나 생각해 주는구나. 거절하면서도 나를 생각해 줘서 고맙네.' 이렇게 말이다.

거절할 때 친구가 절차적 정의를 느낄 수 있게 하려면 어떻게 해야 할까? 일단 상대의 말을 잘 경청해야 한다. 거절이든 수락이든 판단을 내리기 전에 상대가 '왜 이렇게 해야 하는지' 설명할 시간을 주는 것이 경청이다. 들으면서 눈을 마주치고, 상대의 이야기가 끝나면 그 내용을 요약해서

"그러니까 너는 이런 생각을 하고 있구나?"

하고 반복해 주는 것도 좋다.

가끔 심심할 때 엄마 스마트폰으로 영상 통화를 하며 친구와 함께 그림을 그린다. 처음에 어떻게 그릴지 나름 콘셉트를 정한다. 계절과 장소, 그리고 헤어스타일이나 머리색을 함께 정할 때도 있다. 머리색이나 헤어스타일을 맞추게 되면

"노란색 어때?"

하고 말한다. 그러면 친구는 그 이야기를 듣고

"너는 노란색 머리카락이 마음에 드는 거지? 내 생각에는 노란색도 좋은 것 같고 하늘색도 좋은 것 같아. 넌 어떻게 생각해?"
라고 말한다.

잘 알아들었다는 듯이 나의 의견을 반복하고, 내 의견을 존중하며 자기 의견도 말한다. 이렇게 내 의견을 존중해 주고 머릿속에 아이디어가 넘쳐나는 친구와 인생의 반 이상을 함께 보냈다는 사실이 감동적이다. 내 주변에는 좋은 사람들이 넘쳐난다. 그런 사람들을 위해 나 자신도 좋은 친구, 좋은 사람이 되어 주고 싶다.

거절에 있어 절차적 정의를 느낄 수 있도록 배려하려면 일관성도 필요하다. 우리 반은 매주 줄서기 순서가 바뀐다. 번호 빠른 순, 번호 느린 순, 키 작은 순, 키 큰 순, 선착순으로 매주 바뀐다. 그때는 선착순인 주였다. 어떤 친구 세 명이 늦게 섰음에도 불구하고 '혹시 양보해줄 수 있어?'라고 질문했다. 나는 아무 생각 없이 괜찮다고 답했다. 다른 친구 한 명이 와서 자신도 양보해줄 수 있냐고 질문했다. 안 된다고 말했다. 왜 그랬는지 모르겠다. 안 된다고 할 거였으면 앞의 세 사람도 양보해 주면 안 되었다. 이렇게 일관성 없는 판단을 하면 누군가 기분 나빠하는 사람이 생길 수 있다. 나비처럼 날아 벌처럼 쏘는, 완벽하고 부드러운 거절을 하려면 일관성을 지켜야 한다.

거절할 때는 거절의 이유를 설명해 주는 게 좋다. 거절의 이유를 알게 되면 이해해주는 사람들이 많다. 이유를 제대로 밝히면 무엇보다 좋은 점이 있다. 괜히 상대가 '나의 거절' 앞에 자신의 이유를 붙여 생각하고, 그것을 오해로 쌓아 놓는 일을 막을 수 있다.

거절은 상대를 향한 존중이다. 예를 들어 내가 힘든데 놀자고 걸려온 친구의 전화를 무턱대고 수락하는 것 말이다. 그러면 나도 힘들고, 친구는 내 표정이 안 좋으니 '혹시 내가 싫은 건가?' 같은 생각을 하게 된다. 거절하면 그날 하루는 푹 쉬고, 그다음날 시간 날 때 최상의 컨디션으로 친구를 만날 수 있다. 나는 올바른 거절, 상대가 '절차적 정의'를 느낄 수 있도록 거절하는 사람이 되고 싶다.

6장

나는
세상으로부터
배운다

12년을 살아 보니

일어나 보니 다들 자고 있었다. 위층도 아래층도 잠자느라 층간 소음도 없는 시간이었다. 내가 지금 몇 시에 깬 건지 궁금했다. 맞은편 동의 불이 얼마나 켜져 있는지 확인하면 대강 알 수 있다. 맞

은편 동에서 불이 켜진 집은 아무도 없었다. 직감적으로 4시쯤 되었다고 생각했다. 화장실에 갔다 와 엄마에게 지금 안 자고 글 써도 되는지 물어봤다. 이렇게 일찍 일어나는 건 오랜만이다. 4학년 때 '미라클 모닝'을 실천했다. 한 달 정도 6시에 일어나기를 습관화했다. 그게 끝난 이유로는

새벽 때 깨는 일이 잘 없었다.

여름밤은 조용했다. 자연이 잘 수 있도록 조심조심 굴어주는 것 같다. 사람들도 자고, 바깥도 잤다. 처음 일어나서 창밖을 보았을 때는 검은색 바탕에 하얀색을 잠깐 칠한 것 같았다. 어두운 색의 구름 밑으로 아주 연한 한줄기의 빛이 새어나왔다. 지금은 오색빛깔 무지개떡이 되었다. 노을이 질 때보다는 조금 더 연한 빨강과 주황과 분홍의 중간색. 파스텔 톤의 노란색, 그리고 자연스럽게 섞이며 배경색으로써의 역할을 훌륭히 해내는 파란색.

처음 일어났을 때와는 달리 불이 켜진 집이 늘었다. 우리 집의 맞은편 동과 그 옆 동만 해도 8집이다. 우리 아파트 옆 다른 아파트에서도 불빛 하나가 보인다. 조금 더 멀리에서는 가로등인지 집 등을 켠 것인지 주황색 불빛이 보인다. 글을 세 문단 쓸 시간밖에 되지 않았는데 점점 깨어나고 있다. 세상이 깨어나고 있다. 지구가 깨어나고 있다.

창밖을 관찰하기 위해 노트북을 창틀로 옮겼다. 그러니 아까는 무시하던 소리도 들을 수 있게 되었다. '보이지 않는 고릴라'를 아는가? 한 가지에 집중하면 명백히 보이던 것도 보이지 않게 되는 것이다. 어, 이제는 하늘에 붉게 보이는 구름이 생겼다. 게다가 노란색 부분도 점점 많아지고 있다. 방금 우리 앞 동에서 불 하나가 꺼졌다. 하던 이야기로 돌아간다. 보이지 않는 고릴라 실험은 학생들에게 검정색과 흰 옷의 사람들이 공을 패스하는 영상을 보여주고 흰 옷의 팀이 공을 패스한 수를 세라고 했다. 하지만 진짜 실험은 그것이 아니었다. 영상에 한 번 등장하는 고릴라를 알아채는지 실험한 것이다. 이 실험에서 고릴라를 알아본 사람은 몇 명 없었다. 즉 우리의 뇌는 한 번에 한 가지에만 집중할 수 있다는 것이다.

하늘이 점점 밝아진다. 하늘의 반 정도가 붉은색으로 변했다. 원래는 하늘 전체가 어두운 색이었다. 검은색과 검은빛이 강한 회색. 이제는 하늘이 전체적으로 파란색으로 변했다. 아까는 '어둡다'고 얘기할 수 있었다면, 지금은 '밝다' 혹은 '동이 튼다'라고 이야기할 수 있다. 글 몇 문단 쓸 시간 동안 나는 동이 트는 모습을 지켜봤다. 변화가 느릴 줄 알았는데 꽤 빠르다. 좀 있다가는 시간의 변화를 얘기하기 위해 '드디어 누군가 산책하러 나왔다' 같은 문장을 쓸 수 있으면 참 좋겠다.

자꾸 다른 이야기로 빠지지만 나는 이 장에서 '내가 지금까지 살아오면서 배우고 느낀 것들'을 이야기할 것이다. 결국 쓸데없는 소리처럼 보이는 이 이야기가 내가 이 꼭지에서 말하고자 하는 것에 속한다는 것. 내가 잘 자고 있던 고릴라 한 마리를 꺼내든 이유는 내가 아까는 못 느끼던 것을 느꼈기 때문이다. 창문 앞으로 자리를 옮기고, 귀를 기울이기 전에는 못 들었던 소리가 들린다. 찌르르르르르, 귀뚤귀뚤귀뚤, 쌩쌩 같은 소리들. 좋은 소식이 있다. 누군가 산책하기 시작했다. 우리 동의 맞은편 동 주변에서 걷고 계신다. 하늘도 밝아졌고, 산책하는 사람도 발견했으니 지금이야말로 날이

밝았다고 할 수 있겠다. 출근하는 차 두 대를 봤다. 거미 한 마리가 우리 집 창문의 방충망을 기어오른다. 9층까지 어떻게 올라온 거지? 떨어질까봐 무섭지는 않나? 밝은 하늘, 산책하는 사람, 출근하는 차, 깬 거미까지 발견했으니 오늘은 동이 텄다. 맞다. 세상이 깼다. 오전 5시 40분. 2018년 8월 22일의 '세상이 깨는 시간' 내일의 '세상이 깨는 시간'은 몇 시일까. 내일도 빨리 일어나게 되면 관찰해야지. 작가의 힘은 관찰인 것 같다. 앞 동에서 아기 우는 소리가 들린다. 아기는 무슨 일 때문에 울고 있을까. 배가 고플까? 원하는 것을 얻지 못했을까? 잠이 안 올까? 이 아름다운 광경이 펼쳐지는데 보지 못하고 울고 있으니 불쌍해진다.

이제는 하늘에 하얀색 구름과 검정빛 도는 파란색(그러니까 파랑, 회색, 검정의 중간쯤) 구름, 하늘색의 바탕색이 보인다. 빨간색은 조금씩 물러나고 하늘색에 자리를 내주고 있다. 아름다운 하늘을 새 한 마리가 누빈다. 빨간색은 자리를 내주었지만 패배한 것이 아니다. 시간이 지나면 자연스럽게 물러가고 바뀌기에 빨간색은 동틀 때의 색, 노을 질 때의 색으로 자리했다. 무언가 인정받고 싶다면 독점하고 남의 것을 빼앗으면 안 된다. 시간이 되면 물러나고, 시간이 오면 다시 자리한다. 그것이 하늘색, 그것이 자연. 빨간색은 물러나는 법을 알았기에 동틀 때의 색으로 내 기억 속에 자리잡았다. 무언가를 얻는 방법이 꼭 누구에게서 뺏기만 있는 것이 아니다. 나는 새벽에 하늘을 통해 이것을 배웠다.

선선한 바람이 집으로 불어 들어오기 시작했다. 나무가 간지럽다는 듯 몸을 흔든다. 앞 동의 불이 전부 꺼졌다. 밝아져서 불을 켤 필요가 없어졌나. 한 사람이 또 걷는다. 빨간색은 자취를 감추고 하얀 구름과 어두운 파란색 구름, 하늘색의 바탕이 완전히 자리했다. 2018년 8월 22일의 활동하기 좋아지는 시간. 기지개 켜는 시간. 오전 5시 50분.

내가 살아온 12년은 특별한 다른 것이 있었던 게 아니다. 그저 매일 해가 뜨고 지는 것으로 반복되는 하루였다. 내가 살아온 인생은 하루의 반복이었다. 반복되는 하루가 모여 나의 인생이 되었다. '행복한 인생'을 살기 위해서는 '행복한 하루'를 살아야 하는 것이다. 하루가 모여 나의 인생이 되고 나 그 자체가 된다. 12년 인생을 나타내기에 가장 좋은 것은 하루다. 나의 하루를 보여주기 위해 전여진의 시각으로 바라본 해 뜨는 모습을 글로 썼다.

시작은 전체의 의미를 알려주기도 한다. 나의 시각으로 본 하루의 시작. 행복한 하루가 모여 행복한 인생이, 행복한 내가 만들어질 때까지 나의 행복을 찾겠다. 우리는 종종 미래를 위해 현재를 희생하곤 한다. 미래가 걱정되어, 좋아하는 일이 아닌 돈을 버는 일을 선택한다. 지금 나를 두근거리게 하는 일이 아닌 그저 다들 하는 일을 선택한다.

마음이 하는 이야기가 아닌 머리가 하는 이야기를 듣는다. 마음이 간절하게 하는 이야기를 듣지 않을 때, 우리는 돈을 벌지도 모른다. 행복한 미래가 눈앞에 보일지도 모른다. 하지만 미래에도 바라는 그 일은 결코 생기지 않는다. 기다리고 있는 시간은 절대 오지 않는다. 하고 싶은 일은 다가오지 않을 것이다. 당신이 하고 싶은 일을 향해 달려가야 한다. 발에 불이 나도록 하고 싶은 일을 향해 뛰어야 한다.

희귀한 것은 값어치가 있다. 희귀한 것은 가치를 가지고 있다. 희귀한 것은 소중하다. 하지만 값어치 있는 것, 가치 있는 것, 소중한 것은 우리 주변에 있을 수 있다. 희귀한 소중한 것들은 쉽게 얻을 수 없지만 우리 주변에 있는 소중한 것은 쉽게 얻을 수 있다. 아니, 이미 가졌을지도 모른다. 잠시 글에서 눈을 떼고 주변을 바라보자. 짹짹 우는 참새, 흘러가는 구름, 밝음을 우리 모두에게 나누어 주는 해. 힘들 때 털어놓을 수 있는 친구, 사랑을 나누는 가족, 싹트는 식물, 어쩌면 당신에게 필요한 해답을 가지고 있을지 모를 책. 우리가 살아 숨 쉴 수 있도록 해주는 공기, 쌀이 우리에게 올 수 있도록 대신 땀흘려 주신 농부. 그리고 지금, 바로 지금, 우리가 살아 있다는 사실. 숨쉬고 있다는 사실.

소중한 것들이 바로 당신의 곁에 있다. 이 중 하나도 가지고 있지 않은 사람은 없다. 사람들은 찾고자 하면 많은 행복을 찾을 수 있다. 그러니 지금 책을 읽는 시간 잠시만이라도, 옆에 소중한 것들이 있다는 사실을 잊지 않았으면 좋겠다.

소중한 것들이 손만 뻗어도 닿을 거리에 혹은 당신 손 안에 있다. 그렇기 때문에 당신의 삶은, 당신의 인생은 소중하다. 힘들 때가 있더라도 당신 옆에 소중한 것들이 가득하다는 것을 알아 줬으면 좋겠다. 나 자신에게 응원 한 번 하고, 넘어져도 다시 일어날 수 있었으면 좋겠다. 당신만의 인생을 살 수 있었으면 좋겠다. 당신의 삶은 소중하고 박수받아 마땅하다는 것을 알아줬으면 좋겠다. 소중하지 않은 삶은 없다. 하찮은 사람도 없다. 당신은 소중하고, 당신이 살아 있다는 사실 그 자체만으로 나는 행복하다. 부디, 살아 줬으면 좋겠다. 소중한 것들이 있다는 사실. 기억해줬으면 좋겠다. 오로지 당신의 마음이 하는 말을 듣고, 그곳을 따라갈 수 있었으면 좋겠다. 뜨겁게 숨 쉬며 정말로 살아줬으면 좋겠다. 그게 내가 사는 이유고, 책을 쓴 이유다. 당신을 살도록 하는 것이 나의 의무이고 필생의 일이다.

세상에 감사하기

　지금 살아 있다. 그리고 무엇에 감사할지 고민할 수 있는 시간이 있다. 들숨과 날숨을 반복하며 숨을 들이마시고 있다. 옆에는 소중한 사람들이 있다. 하루하루 웃을 수 있는 시간이 있다. 무엇보다도 생각할 시간이 있다.

　이 정도면 나, 매우 행복한 삶을 살고 있는 것이다. 살아만 있다면 옆을 둘러보기만 해도 감사한 일들을 찾을 수 있다. 살아 있다는 건 큰 가치다. 지금 행복하지 않더라도 나중에 행복할 일이 생길 수 있다. 우리는 살아 있다는 것에 제일 먼저 감사해야 한다.

　옆을 둘러보자. 우리는 곳곳에서 아이디어를 찾을 수 있다. 바로 옆에서 손쉽게 감사한 일을 꺼낼 수 있다. 나만 할 수 있는 것이 아니라 우리는 할 수 있다. 우리 모두 조금의 시간만 들인다면 할 수 있다. 아이디어를 찾으러 산책하러 나갔던 이야기를 조금 더 꺼내 보겠다.

나뭇잎에 내리쬐는 햇살을 보며 감탄하다가 햇살과 나뭇잎에 관한 또 다른 사실을 알아냈다. 나뭇잎을 통과해 땅에 흘러온 햇살이 아름다운 무늬를 내고 있었다. 어떤 나무라도 이 무늬가 똑같을 수 없다. 해의 각도, 나무의 위치, 옆에 무엇이 있는지, 나뭇잎의 수 등 무늬에 영향을 주는 요인들이 많다. 나무에게 있어서 지문 같은 것 아닐까? 자연은 완벽히 똑같은 것 하나 없다.

전부 다르다. 틀린 것이 아니고 다른 것이다. 자연은 수많은 다름이 있기에 아름답다. 우리도 그렇다. 서로 달라서 아름답다. 지구상에 같은 사람은 아무도 없다. 쌍둥이라도 겪은 경험이나 성격이 다르다. 모두 다른 우리가 모여 아름다운 세상을 만들어가는 것이다. '모두 달라서 아름다운 세상'에 당신이 속하지 않을 수 없다. 당신은 이 세상이라는 퍼즐의 한 조각이기 때문이다. 이 세상은 당신 없이는 완성되지 못하는 퍼즐이기 때문이다.

그렇다면 나뭇잎에 남은 햇살과 바닥으로 흘러온 햇살 둘 중 어느 쪽이 이긴 것일까? 이긴 쪽도 진 쪽도 없다. 나뭇잎에 남은 햇살은 식물이 광합성하고 자라는 데에 도움을 주었다. 바닥으로 흘러온 햇살은 바닥의 식물이 광합성할 수 있도록 도움을 주었다. 둘

다 식물이 자랄 수 있도록 도움을
준 것이다.

　자연에는 승자도 패자도 없으
며, 모두 서로에게 도움받고 도움
주는 관계로 이루어져 있다. 우리
도 그 자연의 일부다. 당신이 지금
이 자리에 살아 있기까지 많은 도
움을 받았을 것이다. 내가 지금까
지 책을 쓰는 데도 많은 도움을 받
았다. 당신이 이 책을 사거나 도서관에서 빌리는 데도 많은 도움
을 받았다. 도움을 받은 우리는 서로 만나게 된 것이다. 서로를 돕
는 자연, 이 세계에서 우리는 만나게 되었다. 모두의 도움으로. 당
신은 내가 어디 사는지 모른다. 나도 당신이 어디 사는지 모른다.
당신은 내 이름 정도는 알겠지만, 나는 당신이 누구인지도 모른
다. 서로를 모르는 둘을 자연이 연결시켜 준 것이다. 우리는 모두
의 도움을 받았다. 이런 도움을 받았는데 감사하지 않아야 할 이유
는 또 무엇인가?

　자연은, 그리고 자연의 일부인 우리 모두 서로 돕고, 도움받으며
살고 있다. 감사할 거리가 너무 많다. 모두에게 감사해야 한다. 주
변의 모든 것에 감사하고, 더 나아가 모든 것에 감사해야 한다. 감
사하지 않아도 될 것이 없다.

살다 보면 의도해서 일어난 일보다 우연한 행운으로 일어난 일이 더 많다. 내게는 특히 무언가 새로운 일에 빠져들 때 우연이 큰 역할을 한 적이 많다. 고양이도 그렇다. 친구와 집에 가는 길에 우연히 발견하게 된 것. 학교 끝나고 친구와 함께 집으로 걸어가고 있었다. 그날 친구는 원래 다니던 길이 아닌 다른 길로 가자고 말했다. 그 길에서 고양이를 만났다. 원래 다니던 길이었다면 절대 고양이를 만나지 못했을 것이다. 친구가 아니었으면 길고양이와의 인연도 없었을 것이고, 동물의 권리에 관심이 생기는 일도 없었을 것이다.

우연은 그저 생기는 것이 아니다. 우연이 생기기까지 많은 사람의 수고와 노력이 있었을 것이다. 길고양이가 그곳에서 살 수 있도록 돌봐준 사람들이 있기에 그 자리에서 고양이를 만날 수 있었다. 우연은 그저 만들어지는 것이 아니다.

식물을 처음 키우게 되었을 때도 그랬다. 학교가 끝난 후 친구 둘과 걸어가고 있었다. 잠깐 같이 놀다가 집으로 가는 길이었던 것 같다. 길 한쪽에서 식물들을 파는 트럭을 발견한 것이다. 색색의 꽃들도 있고, 푸르고 파릇파릇한 관엽식물들도 있었다. 제각각 모양이 다르고 특색이 있는 다육식물들도 있었다. 그 동안 꽃집에 가 본 적이 없었다. 책으로 본 것이 다였다. '나중에 길러 봐야지' 정도로 생각하고 있던 식물들이 눈앞에 다가온 것이다.

식물들을 직접 눈으로 보니 정말 신기했다. 식물 하나하나가 내게 말을 건네는 것 같았다. 친구들이 가자고 말했지만 발길이 떨어지지 않았다. 친구들이 기다리고 있다는 걸 아는데도 이 자리에서 벗어나고 싶지 않았다. 식물들과 더 이야기하고 싶었다. 머릿속으로도 입으로도 식물들에게 건넨 말은 없었다. 하지만 우리는 분명 대화

했다. 식물들이 내 옆에 있다는 느낌이 확실히 들었다.

식물들을 보고 있는 게 너무 행복했다. 또 보고 싶은데 지금 가면 다시 못 볼 것 같았다. 친구들이 계속 부르는데 귀에 들어오지 않았다. 눈에 가득가득 담고 싶었다. 놓치고 싶지 않았다. 행동하기로 했다.

"여기 언제 와요?"

"여기는 가끔 오고 주말에 공원 앞에 가요."

좋았어, 공원 앞. 이번 주 토요일에 가 봐야지. 7월의 여름이었다. 그날 준비 없이 나갔다가 큰코다쳤다. 우리 아파트 후문까지 걸으니 '물을 가져올까?' 하는 생각이 들었다. '뭐, 여기까지 왔는데 그냥 갔다 오지 뭐.' 생각했다.

우리 아파트와 다른 아파트 사이에는 차들이 다니는 큰 길이 하

나 있다. 그 길을 건너면 여러 아파트가 모여 있다. 여러 아파트가 모여 있는 곳에는 가운데에 사람들이 다니는 큰 길이 하나 있다. 그 길을 쭉 지나가면 공원이다. 가운데 길을 지나가는데 한 3분의 1쯤 지나가니 이런 생각이 들었다. '아까 물 가져올걸.' 이후로 나왔다가 뭔가를 안 가져왔으면 다시 돌아간다. 많이 왔다는 이유로, 돌아가기 힘들다는 이유로 돌아가기를 거부한다면 큰 대가를 치를 수도 있다.

힘들게 걸어 도착했는데 보람이 없었다. 식물 트럭이 없었던 것이다. 왜 이 고생을 하면서 여기까지 왔는지, 정신이 아득해졌다. 물이 먹고 싶었다. 마침 근처에 마트가 하나 있었다. 물, 물, 빨리! 마트에 들어가니 천국에 온 것 같았다. 에어컨의 덕이었다. 차원의 틈새 같은 곳으로 잘못 들어와서 남극으로 순간이동 한 줄 알았다. 옆에 펭귄이 있는지 주위를 둘러보고선 없다는 것을 확인했다.

화분을 사려고 돈을 챙겨왔던지라 다행히 물 살 돈은 있었다. 돈 주고 물을 사 먹기엔 아까워서 음료수 캔을 하나 샀다. 마트 안에 몇 분 더 있었다. 이렇게 시원한데 나가고 싶지 않았다. 얼마 후 각오를 굳히고선 직사각형 버튼을 누르면 열리는 문의 버튼을 눌렀다. 문이 열리는 순간 뜨거운 공기가 몸에 닿았다. 살아서 집에 갈 수 있을까?

문을 넘어 나왔다. 뜨거운 공기가 몸에 닿는 수준이 아니라 아예 달라붙었다. 햇빛이 나를 오징어 구이로 만들어버리는 것 같다.

음료수 캔을 따고는 한 모금 마셨다. 마트의 시원함이 살짝 남아 있었다. 마트에 대한 미련을 버리려 음료를 한 모금 더 들이키고는 발을 옮겼다.

힘든 일은 언젠가든 끝나기 마련이고, 즐거운 일도 언젠가는 오기 마련이다. '이 또한 지나가리라' 정신이다. 물론 많이 슬프고 힘든 일은 이 또한 지나가리라 정신으로 버틸 수 없다. 그럴 때는 도움을 청해야 한다. 누구에게든. 누구에게라도 털어놔야 한다. 지푸라기라도 잡아봐야 한다. 지푸라기라도 모아서 묶으면 단단해진다.

걷고 걸었더니 집에 도착하긴 했다. 이 책을 읽고 있는 사람들은 내가 집에 도착했다는 걸 당연히 알았겠지. 지금 글을 쓰고 있으니까. 지금까지는 살아 있다는 거잖아? 집에 와서 얼음물을 마시며 여름에 어딘가 나갈 때는 항상 물을 들고 나가야 한다는 걸 깨달았다.

이 일 이후로 식물에 빠졌다. 우연이 만들어 준 기회, 인연들은 우리 주변에 가득하다. 중요한 건 어떤 기회를 잡아 나에게 유용하게 만드는가다. 모든 것에 감사하고, 감사만 하는 것이 아니라 기회를 확장시키자.

가치 있는 삶을 위하여

가치 있는 삶은 어떻게 시작될 수 있을까? 사람 한 명 한 명이 모여 세상이 된다. 사람 한 명씩을 행복하게 만들면 모두 행복한 세상이 되지 않을까? 행복해지는 가장 빠른 방법은 다른 누군가를 행복하게 만드는 것이다. 한 명을 행복하게 만들면 그 한 명이 다른 한 명을 행복하게 만들고, 그 다른 한 명이 또 다른 한 명을 행복하게 만들고. 그렇게 점점 늘어나는 거 아닐까?

그 동안 옆에 있어 소중함을 몰랐던, 하지만 지금은 소중함을 알게 된 사람이 있다. 바로 부모님이다. 우리 집에 《엄마의 노란 수첩》이라는 동화책이 있다. 간단히 이야기하자면 주인공이 엄마를 위해서 이벤트를 준비하는 내용이다. 이벤트의 방식이 신기해서 한 번 따라해 보고 싶었다.

무슨 방식이냐면, 종이에 메시지를 적어서 숨기는데 앞 글자를 각각 엄, 마, 사, 랑, 해, 요로 맞춰서 앞글자를 맞춰 볼 수 있도록 하는 방식이다. 첫 쪽지는 엄마가 잘 볼 수 있는 곳에 숨기고 첫 쪽지에 두 번째 쪽지가 있는 장소의 힌트를 적는다. 두 번째 쪽지에는 세 번째 쪽지의 힌트를, 세 번째 쪽지에는 네 번째 쪽지의 힌트를.

마지막 쪽지에는 '이 쪽지들의 앞 글자를 맞춰 보세요' 같은 문장을 넣으면 된다. 뭔가 신박하게 내 마음을 전할 수 있는 방식인 것 같아서 재밌어 보였다. 아빠가 회사에 가기 전에 힘을 북돋아 주고 싶어서 대상은 아빠로 정했다. 아빠는 먼저 곯아떨어졌고, 나는 종이를 준비했다. 엄마는 방에서 책을 읽고 있었다.

A4용지 1장을 6조각으로 나누었다. 각각 글자를 적는데 어디에 숨겨야 할지 고민을 많이 했다. 아빠가 알아들을 수 있으면서도 너무 쉽지 않은 곳. 그러면서도 나랑 아빠와 관련이 있는 곳. 대충 숨긴 게 아니다. 많이 생각하고 숨겼다.

아침이 되자 엄마가

"여진아 아빠가 완전 좋아하더라!"

이렇게 말하셨다. 엄마는 모르는 일인데 이렇게 말하는 걸 보니 뭔가 기분이 묘했다. 아빠가 좋아했다니 얼굴에 웃음이 피어올랐다. 아빠가 종이 찾다가 지각할 뻔했다. 회사

에서 돌아온 아빠가

"여진~우리 딸~ 고마워 사랑해."

아빠가 엄청 행복한 얼굴로 그렇게 말하는 걸 보니 다른 이벤트도 해 보고 싶다는 생각이 들었다. 아빠의 행복이 나에게까지 전달된 것 같다. 아빠를 행복하게 해주려고 계획한 일인데 내가 더 행복했다. 아빠도 엄마도 나도 오래오래 살아서 더 행복하게 해주고 싶다.

내가 생각하는 가치 있는 삶은 작은 일에서도 행복을 찾을 수 있는 삶이다. 별 것 아닌 일에도 깔깔 웃고, 신나게 떠들면서 인생을 웃음으로 채우는 것이다. 모든 화내는 사람 중 웃는 단 한 명의 사람이 내가 되고 싶다. 불행 중 다행을 찾아내고, 그 다행에 감사하

는 삶. 짜증나고 슬픈 일이 있어도 웃음으로 눈물을 날려버리는 삶. 짜증나고 슬픈 일에 신경 쓰느라 에너지를 날리는 게 아니라 행복한 일에 초점을 맞춰 깔깔 웃는 사람. 짜증나는 일에 신경 쓸 시간에 웃음으로써 시간을 절약하는 사람.

친구들이랑 워터파크에 갔었다. 친구 어머니께서 태워 주셨다. 워터파크에 갔다 오는 길에 낄낄거리며 웃었다. 누군가 보면 이게 왜 웃긴 일인지 궁금할 수도 있다. 별 것 아닌 일에도, 웃기고 재미 있는 포인트를 찾아 낄낄대고 웃었다.

차를 타고 다니다 보면 초록색 표지판이 보인다. 이 쪽으로 가면 뭐가 나오는지 쓰여 있는 안내 표지판이다. 지도 같지만 지도는 아닌, 조그만 지도다. 길 위의 지도. 내가 어디로 가고 있는지, 내 길 이 맞는지 의문이 들 때 방향을 알려주는 고마운 친구다. '잘 가고 있구나.' 안심을 주기도 하고, '여기가 아니네?' 수정할 기회를 주 기도 하고 '아, 이쪽이구나!' 모르는 길을 알려 주기도 한다.

표지판을 보면 마을 이름이 나오기도 하고, 유명한 건물 이름이 나오기도 한다. 우리가 보고 웃은 표지판의 경우 마을 이름이 나왔 다. 마을 이름이 '우동' 이었다. 친구가 먼저 말을 꺼냈다.

"야, 저기 우동 마을 있어!"

그다음 친구가 말을 꺼냈다.

"우동 마을은 전부 우동으로 만들어져 있나?"

내가 말을 꺼냈다.

"집이 우동 모양인 거 아냐?"

"매일 우동 먹을 수 있는 건가? 좋겠다. 나 우동 좋아하는데!"

깔깔 웃으며 우동으로 이루어진 마을에 대해 상상했다. 상상 속 우동 마을은 아파트 이름도 면 아파트, 국물 아파트, 오뎅 아파트.

우동이라는 이름과 연관성이 있을 만한 모든 걸 상상했다. 그러다가 음식 이름을 가진 상상의 마을을 만들기 시작했다. 도넛 마을, 아이스크림 마을.

물론 그 우동 마을은 평범하고 다른 마을들과 똑같았을 것이다. 하지만 우리는 그 이름을 듣고 상상 속 마을을 만들었다. 우동 마을은 그저 상상의 나래를 여는 문이었을 뿐. 블록 쌓듯 상상의 마을을 건축했다. 마을 하나를 가지고도 온갖 재미있는 상상을 하고 깔깔 웃을 수 있는 삶. 그냥 이름일 뿐이지만 그 이름은 우리가 상상 속 우동 마을을 만드는 데 큰 역할을 했다.

친구들과 깔깔 웃으면서 이런 생각을 했다. 나의 마을은 무엇으로 채울 수 있을까? 우동 마을은 우동으로 채웠는데, 전여진 마을은 어떻게 채울 수 있을까? 머릿속 마을을 더 아름답게 채우기 위해 뭘 해야 할까? 아름다운 마을로 채우기 위해 노력하는 과정에서 뭘 배울 수 있을까? 아름다운 마을로 채우기 위해 노력하는 과정에서 가장 아름다운 마을이 만들어질 수 있는 것 아닐까? 내 머릿속 전여진 마을을 채울 수 있다면, 우리가 함께 채운 우동 마을처럼 웃음과 행복으로 채우고 싶다.

무엇을 보고도 상상할 수 있는 삶. 무엇을 보고도 행복하게 웃을 수 있는 삶. 이것이 가치 있는 삶이 아닐까? 웃으면서 마음에 대해 생각하고, 웃으면서 자신을 행복하게 채우는 방법에 대해 생각하는 삶. 이것이 가치 있는 삶이라고 생각한다. 또한, 내 마을을 뭘로 채울지 고민하는 과정에서 내 인생이 가치 있어지는 것 아닐까? 궁금증이 많아지는 시간이다.

과거가 모여 현재, 현재가 모여 미래

〈해리 포터〉를 보면서 마법사가 되고 싶다고 생각했다. 지팡이를 들고 주문을 외우면 과학적으로 납득할 수 없는 일이 벌어진다는 일이 매력적이었다. 마법을 배우고, 마음을 의지할 친구를 사귀는 호그와트가 좋았다. 마법같은 일이 일어나기를 바랐다. 나뭇잎을 공중에 띄운다든지, 그런 일을 성공하고. 그게 마법이란 사실을 깨닫고 지팡이를 사고. 어떤 계기를 통해 판타지 세계 같지만 실은 현실을 현실보다 깊게 투영하고 있는 지역의 일부가 되고 싶다.

꼭 '윙가르디움 레비오우사' 같은 것만이 마법이 아닐지도 모른다. 노력해서 꿈을 이루는 것, 당당하게 하고 싶은 대로 사는 것, 다른 사람을 돕는 것. 일상에서도 여러 마법이 일어날 수 있다. 나의 마법을 찾는 것은, 과거와 현재 그리고 미래를 되짚어봐야 가능한 일이 아닐까. 마법의 힘이 필요할 정도로 소중하고 간절한 것, 그것을 찾아야 마법을 찾을 수 있지 않을까.

지금 컴퓨터로 버튼을 눌러서 글을 쓰고 있는 것, 인터넷에 들어가 단어만 쓰면 모든 정보를 알 수 있는 것. 이것도 석기 시대 사람들에게는 마법같은 일이겠지. 때로는 과학의 발전도 마법같은 일을 만든다. 덕분에 지구 반대편에 있는 사람과 친구하고, 사랑하는 사람

과 아무리 떨어져 있더라도 매일 대화할 수 있게 되었다.

과학의 마법은 가끔 부작용을 가져오기도 한다. 이를테면 매일 곁에 있다는 생각에 소중한 사람에게 신경쓰지 않거나. 옆에 함께 있음에도 인터넷으로 다른 사람들과 이야기하거나. 위치는 가까이 있지만 마음은 멀디 멀다. 혹은 위치도 마음도 가까이 있지 않거나.

과학의 마법은 항상 양날의 검이다. 결국 그 마법을 이롭게 사용하는지, 해롭게 사용하는지는 인간에게 달려 있다. 마법이 일어나고 있다. 우리는 그 마법을 어떻게 이롭게 사용할지 고민해 보아야 한다. 국가적 차원의 중대한 고민이 아니더라도, 소중한 사람과 눈맞추는 시간을 가져야 한다.

과학이 불러오는 마법도 있지만 우리 개개인이 생각하는 마법도 있다. 나에게 마법이란, 식물을 키울 때는 죽어가는 식물도 사랑과

정성의 손길과 관심으로 살려내는 일이었다. 길고양이를 돌볼 때는 유기묘나 유기견을 구출해서 병을 고쳐 주고 행복한 가족에게 입양시켜 주는 일이었다. 또한 주변 사람을 웃게 해 주는 일이었다. 또한 내 뜻대로 사는 일이었고 남에게 휘둘리지 않는 일이었다.

우리 개개인이 바라는 마법은 그 사람의 가치관에 따라 달라진다. 푹 빠진 것들을 사랑했으므로 그것에 관련된 일이 마법과도 같이 보였다. 위에 쓴 마법같은 일 중 실천한 것도 있지만 실천하지 못한 것도 많다.

최근 5일 동안 꿈이 좋지 않았다. 죽을 뻔 한다던가, 자연재해가 일어나는 꿈들을 꿨다. 잠을 자려고 하면 공포 게임에 나오는 노랫소리가 희미하게 흘러나오는 것 같았다. '죽으면 어떻게 되는 걸까? 죽음 뒤의 세계는 무엇일까? 죽음이 불확실한 미지의 세계기에 두려운 것 아닌가?' 하는 생각들이 떠오르기도 했다. 일단 아직은 죽으면 안 되는데, 오래 살고 싶은데 라는 생각도 해 보고. 이럴 생각할 시간에 뭘 하면 행복하게 살 수 있을지 고민하는 게 낫지 않을까. 같은 것도 떠올려 보고.

　불확실한 건 두렵다. 꿈을 꾸고 일어나 보면 전부 현실로 되돌아
와 있다. 슬픈 꿈이든 무서운 꿈이든 기쁜 꿈이든 전부 없었던 일로
돌아가 있다. 며칠 지나면 잊어버린다. 하지만 꿈을 꾸는 그 순간에
는 너무 힘들다. 현실 세계로 돌아와 생각해 보면 정말 어이 없고
상식을 벗어나는 일이 꿈에서는 실감 난다. 깨면 아무것도 아니지
만, 나쁜 꿈을 꾸는 도중에는 정말 괴롭다. 그저 꿈이라고 해도, 그
안에 있는 순간에는 현실이다. 꿈 안에서는 꿈인지 모른다. 그저 괴
로운 현실일 뿐이다. 그게 우주의 개념에서 보면 찰나의 시간이라
도 꿈 안의 나에게는 억겁의 영원이고 끝나지 않는 현재다. 깬다는
건 확실하지만 꿈 속에서는 모른다. 꿈이 두렵다.

　엄마는 좀 밝은 생각을 해 보라고 하셨다.

　"오늘 추리 소설을 너무 많이 봐서 그런 거 아니야?"

　"그런가? 좀 무서운 얘기 보면 잘 때 항상 생각나."

　"적어도 자기 2시간 전에는 행복한 생각만 해야 해. 그래야 꿈도
좋은 꿈을 꾸고, 행복한 생각이 이루어지는 일도 빨리 다가올걸?"

　살인이 들어 있는 소설을 보면 나도 저렇게 죽는 건 아닐까로 시
작해서 죽음에 대한 두려움까지 생각난다. 생각은 꼬리에 꼬리를
물고 잠을 방해할 지경까지 이어진다. 이래서야 도통 읽고 싶은 책
을 읽을 수가 없다.

　행복한 생각을 하라길래 조금 생각해 봤다. 방에는 연두색의 암

막 커튼이 있다. 희미하게 넝쿨 무늬도 들어가 있는데 그걸 보면 블랙가 가계도가 떠오른다. 중요한 건 그게 아니고, 잠이 안 와서 암막 커튼을 살짝 걷어 보니 딱 두 집, 불 켜진 집이 보였다. 갑자기 마법사가 되고 싶다는 생각이 떠올랐다. 지팡이 하나로 많은 일을 할 수 있는 거잖아. 그러면 학교도 재밌을 텐데. 마법같은 일이 일어났으면 좋겠다.

그 생각을 엄마에게 말했다. 엄마는 이렇게 대답하셨다.

"너만의 마법을 하면 되잖아? 엄마는 글로 세상을 바꾸고 엄마 자신을 바꾸는 마법을 하고 있는 거지."

"아니, 그런 거 말고. 지팡이와 주문으로 과학적으로 설명할 수 없는 일을 하고 싶다고."

"마법 소설을 쓰는 사람들의 마음은 사실 이런 거 아닐까? 따라 하는 거 말고, 읽은 독자들이 자신만의 마법을 발휘해주기를 바라는 거지."

엄마의 말을 듣고 내가 일으킬 수 있는 마법에 대해 생각해 보았다. 그건 내 인생을 보듬고 다른 사람의 인생까지 보듬어 주는 일이 아닐까. 힘든 사람에게 일어날 용기를 주고, 손을 잡아 일으켜 주고. 나의 과거와 미래가 모여 있는 현재를 껴안아 주고. 현재는 곧 인생이 되고. 나의 인생이 너의 인생을 껴안고 손 잡아 주는.

내가 일으킬 수 있는 마법은 그런 게 아닐까? 인생을 전하는 글로, 다른 사람을 미소 짓게도 깔깔 웃게도 하는 거. 내가 먼저 옆 사람의 손을 잡고 옆 사람이 또 옆 사람의 손을 잡고. 그렇게 모두 손잡고 서로를 구해 줄 수 있게 되는 거지. 서로 돕는 세상. 나의 스타트로 만들 수 있다. 먼저 옆 사람 손을 잡아 줄래. '나 하나가 뭘?' 이 아니라, '내가 시작해야지'라고 말할 수 있는 것. 그 용기가 마법이 아닐까?

엄마의 마법 같은 한 마디가, 안에 있는 마법과도 같은 힘을 사용할 수 있도록 해 주었다. 내 안에 닫혀 있는 마법의 상자를 엄마가 열어 주신 것이다. 나를 이해하는 누군가와 대화하는 건 행복하다. 가끔 새로운 아이디어들도 얻을 수 있다. 그런 점에서 나를 이해해 주는 누군가가 옆에 있다는 건 마법과도 같다. 이 세상 모든 것이 마법이 아닐 이유가 없다.

살아가는 매시간, 매초가 아름답다. 인생은 결코 과거의 실패나 과거의 성공에 의존할 수 없으며, 미래의 행복을 위해 현재를 희생할 수 없다.

지금 내게는 매 순간이 마법이다. 마법 같은 순간. 끝까지 마법 같은 삶을 살고 싶다.

꿈이 없어도 괜찮아

'꿈'은 도대체 무엇일까? 보통 학교 선생님들이 말하는 꿈은 '직업'이다. 하지만 꿈은 직업보다 더 큰 개념이다. 꿈은 하고 싶은 일, 비전, 원하는 미래, 삶의 가치관 등 여러 가지를 포함하고 있는 단어이다. 직업은 꿈을 표현하는 부분 중 아주 작은 부분이다. 절대 꿈의 전부가 직업이 아니다.

6학년 초반에 꿈을 적어 오라는 종이를 받았다. 생활기록부에 들어간다고 했다. 종이가 말하는 꿈은 그저 직업이었다. 되고 싶은 직업이 없었다. 다만 내가 원하는 일을 하며 내 뜻대로 살고 싶다는 생각은 있었다. 자라나면서 많은 경험을 통해 어떤 일을 알고 싶은지 찾고 싶었다. 지금 현재의 꿈은 '많은 경험으로 내가 하고 싶은 일 찾기'이다.

직업을 적어 내야 할 것 같은데 원하는 직업이 없다. 난 게임 직업 고르는 것도 신중히 하는 사람인데 인생의 직업을 고르려면 시

간이 좀 더 필요하다. 충분히 많
은 경험 후에 골라야 하는 건데
너무 성급하게 고르라고 한다.

　우리 사회는 직업으로 나타
낼 수 있는 꿈이 없는 사람들을
생각 없이 사는 사람들로 만든
다. 그들도 열심히 살고 있고,
행복할 수 있는 일을 찾기 위해
노력하고 있다. 직업으로 규정
할 수 있는 꿈이 없다는 이유만으로 열정이 없거나 노력이 부족한
사람으로 만든다.

　선생님께서 종이를 나눠 주시는데 누군가가 질문했다.

　"선생님, 꿈이 없는 사람은요?"

　"그러면 꿈이 없는 이유를 쓰세요."

　내가 궁금했던 것을 대신 질문해 준 누군가. 관련 내용을 다 갖다
붙이고 내 의견까지 넣어서 꿈이 없는 이유를 써 볼까? 그래야겠다
는 생각이 들었다. 그저 선생님이 싫어서 그런 생각이 든 건지, 아
니면 꿈이 없는 사람들을 패배자로 만드는 세상에 한마디 하고 싶
어서였는지 잘 모르겠다.

　정말 이건 몸 바쳐 이루고 싶은 소중한 꿈이다, 꼭 이렇게 살
고 싶다. 같은 꿈은 쉽게 나타나지 않는다. '내가 네 꿈이오~!' 하

며 튀어나오지 않는다. 꿈은 튀어나오는 게 아니라 내가 찾는 것이다.

꼭 이루고 싶은 인생의 목표, 진짜 꿈을 찾기 위해서는 시간이 많이 필요하다. 그 꿈을 찾기 전까지는 열심히 살면 된다. 여러 가지 일에 도전해 보고, 책 속에 하고 싶은 일이 숨겨져 있을지 모르니 책도 많이 읽고. 머릿속에 '인생의 목표, 진짜 꿈은 무엇인가?' 하는 질문을 담고 열심히 살아가면 된다. 우리가 의도해서 심장을 뛰게 하는가? 아니다. 심장은 우리가 살아 있는 한 저절로 움직인다. 뇌도 그렇다. 좋은 질문만 있다면, 그 질문을 잊지 않는다면 알아서 답을 찾아낸다. 우리는 뇌를 믿고 열심히 살면 된다.

진짜 꿈은 머리보다 가슴이 뛰는 일이다. 그런 일을 찾으면 심장이 튀어나올 것 같다. '제발 이 일을 해!' 간절히 소리치는 것이다. 머리가 알아차리기 전에 마음이 먼저 알아차린다. 나의 경우, 깊이 빠져 있는 일을 할 때 가슴이 뛴다. 식물들을 사랑했을 때는 매일 아침 일어나 베란다에 갔다. 베란다에서 식물들을 살피고, 그러다가 연한 새잎 하나를 발견하고. 마치 보물을 발견한 해적들처럼 웃었다. 마음은 '대박! 완전 대박!' 하며 방방 뛰고 있었다. 마음이 뛰어올라 구름까지 갔다.

상태가 안 좋은 식물을 약을 주거나, 번식 방법을 통해 살릴 때도 기뻤다. 점점 괜찮아지는 걸 볼 때마다 하늘의 축복 같았다. 식물들 옆에서 작은 요정들이 뛰어놀고 있는 것 같았다. 요정이 식물에게도, 내 마음에도 특별한 마법을 부린 것 같았다. 가슴이 뛰고, 얼굴에는 웃음이 가득 찼다.

비행기를 타고 날아오를 때도 행복하다. 비행기는 앞으로 달리다가, 어느 순간 쿵 하는 소리를 내며 떠오른다. 떴다는 걸 알아차리기도 전에, 공항은 점점 작아지고 집들이 점점 작아진다. 떴다는 걸 깨닫고 나면 더 작아진다. 세상의 전부인 줄 알았던 마을이 장난감 레고 수준으로 작아진다. 작은 세상에 갇혀 있었다는 것을 알게 된다. 세상이라고 생각했던 것이 사실은 세상의 아주 작은 일부이다. 하늘에서 보는 건물들은 전부 평화롭고 아름다워 보인다. 어느 순간, 구름을 넘는다. 구름은 하늘 끝에 붙어 있을 거라고 생각했다. 하늘 끝까지 가야 구름을 볼 수 있을 줄 알았다. 먼 줄 알았던 구름은 생각보다 가까이 있다. 전부인 줄 알았던 세상은 일부에 불과할 뿐이다. 알고 있던 모든 것이 깨진다. 그 깨짐이 아름답다.

구름을 지나간다. 구름은 솜사탕처럼 보인다. 하지만 구름을 지나갈 때는 수증기의 집합이라는 걸 알게 된다. 구름을 넘고 나면 비행기 밑으로 구름이 보인다. 매번 구름 밑에서 살았는데, 지금은 구름을 넘어서 이동하고 있는 것이다. 구름이 깔린 하늘길을 달리고 달린다. 꽃길도 아름답지만 구름 길은 경이롭다.

착륙할 때는 아쉬워진다. 알던 세상을 넘어섰다가 다시 세상에 갇힌다. 그러나 착륙한 곳이 여행지라면 새로운 세계가 열린다. 착륙한 곳이 집이라면 돌아갈 수 있는 것이다. 돌아올 집과 돌아갈 집. 돌아온 집과 돌아간 집. 비행기의 이륙과 비행과 착륙에는 모든 것이 있다.

매번 한 가지에 빠진다. 특정한 주기는 없고 기존에 빠진 것의 화력이 떨어질 때면 다른 것에 빠진다. 홀딱 빠진 분야들은 나를 가슴 뛰게 했다. 아무것도 안 하고 바라만 봐도 행복하다. 관련된 단어만 들어도 행복하다. 무엇이든 빠진 것과 연결 시키려고 애쓴다. 연결하고 보면 또 자연스럽다.

나의 꿈은 '홀딱 빠진 일을 하자'이다. 그런 삶을 살고 싶다. 진짜 꿈은 내가 하고 싶은 일을 찾는 것이 아닐까. 매번 하고 싶은 일을 찾고 있는 나야말로, 정말 꿈을 가진 사람이 아닐까? 직업의 형태로 나타나는 꿈이 없더라도 꿈을 꾸고 있는 사람일 수 있다. 희망 직업이 없는 사람에게 '넌 꿈이 없구나'라는 말을 하는 건 그 사람의 꿈에 대한 모독이다.

사랑하는 대상은 바뀌지만, 사랑이라는 감정은 영원하다. 사랑하는 일들은 매번 바뀌지만, 그 일들을 무엇보다 사랑한다는 점은 변함 없다. 시간이 흘러도 여전히 하고 싶은 일을 하고 있다. 여전히 나는 나의 삶을 살고 있다. 다른 사람이 강요하는 꿈이 아니라 나의 꿈, 나의 삶을 살고 있다.

대상은 바뀌더라도 여전히 하고 싶은 일을 할 수 있는 것. 그것이 진짜 꿈이다. 나의 경우에는 그렇다.

글을 쓸 때는 매번 질문한다. 오늘 쓸 꼭지의 주제는 뭐지? 주제와 관련된 내 경험은 뭐지? 이 경험을 통해 어떤 메시지를 담을 수 있을까? 내가 오늘 쓰고 싶은 건 뭐지? 꿈을 찾을 때도 이렇게 질문해 보면 어떨까. 오늘 내가 해야 할 일은 뭐지? 이 일을 통해 어떤 것을 느낄 수 있을까? 내가 하고 싶은 일은 뭐지? 질문하다 보면, 이 질문에 대한 답도 찾을 수 있을 것이다.

"나의 꿈은 뭐지?"

글을 쓰는 것은 질문하는 것이다. 글을 쓰다 보면 결국 답은 나오게 되어 있다. 질문에 대한 답이 나오지 않더라도, 일단 질문을 머릿속에 품고 키보드에 손을 올린다. 뭐든지 쓰다 보면 그 과정에서 질문에 대한 답을 찾는다. 질문의 답을 글로 쓰면 된다. 글을 쓰려면 먼저 한 문장이라도 써야 하는 것이다.

글은 꿈과도 닮았다. 한 글자로 이루어졌다. 꿈을 찾다 보면 그것에 대해 쓸 수 있고, 글을 쓰다 보면 꿈을 찾을 수 있다. 서로 긴밀한 연결 관계에 놓여 있다. 위대한 글을 쓰려면 먼저 한 문장부터 쓰는 것처럼. 몸 바칠 꿈을 찾으려면 경험부터 시작해야 한다.

그 경험은 직접적인 경험일 수도 있고, 책을 통한 간접 경험일 수
도 있다. 글을 쓰려고 해도 경험이 필요하다. 글을 쓴다는 건 내 이
야기를 쓰는 것이다. 경험을 쓰고, 메시지라는 소금 혹은 설탕으로
간을 맞추는 것이다.

글과 꿈은 동의어다. 완성을 위해 필요한 것도 똑같다.

일단 시작하는 것이다.

하고 싶은 말이 많았다. 즐겁고 행복해서 종달새처럼 종알거리고 싶은 이야기, 무겁고 진지해서 담아 두면 넘칠 것 같은 이야기도 있었다. 그런 이야기를 조잘댈 수 있는 무언가가 생겼다. 이 책의 초고를 다 쓰고 난 다음 침대를 구르며 소리질렀다. 나를 잡고 있던 무언가에서 벗어난 것 같은 기분이었다. 글을 쓸 수 있도록 도와준 모두에게 감사를 전한다.

첫 책인지라 초반에는 글쓰기가 정말 힘들었다. 분량을 채울 게 없어서 공자님 소리를 주절주절 늘어놓았다. 누구든 알고 있을 진부한 이야기를 떠들었다. 조금만 생각해 보면 내 이야기를 떠올릴 수 있다. 그런 이야기들이 더 공감받고, 그런 이야기 뒤의 메시지가 더 울림을 준다. 알고 있었지만 실천하지 못했다. 앉아서 생각하는 게 힘들었다. 내 이야기가 생각나지 않았다.

내가 쓴 글을 읽는 건 재미있지 않을 것 같다. 내가 쓴 진부한 공자님 이야기들을 못 볼 것 같다. 웃겨서. 그 이야기 중에 뺄 건 빼고 내 이야기를 집어넣는 것이다. 지금은 이야기들을 떠올리는 데에 능숙해졌다. 여러분이 볼 책은 어떨지 몰라도 수정 전의 초고는 정말 재미없다. 초고를 잘 다듬어서 이야기가 담긴 책으로 만드는 게 지금의 내가 할 일이다.

이 책에서의 '삶'은 '죽지 않는 것'이 아니다. 내가 원하는 대로, 내가 하고 싶은 일을 하는 것이다. 결정에 책임지고, 누군가의 손을 붙잡아 주고 누군가를 꼭 안아 주는 것이다. 서로의 어깨를 두드려 주며 삶의 의의를 찾는 기나긴 여정을 떠나는 것이다.

죽으려는 사람들에게 살라는 말은 이기적일지도 모른다. 죽는 것을 보는 기분이 좋지 않으니 당신은 나를 위해 죽지 않아야 한다는 말처럼 들릴지도 모른다. 타인을 위하는 '척'하면서 '나는 좋은 사람이야' 하는 마음만 챙기는 이기심일지도 모른다. 그렇게 들렸다면 사과한다. 정말 이기적이지만 당신이 살았으면 좋겠다. '죽지 않는 것' 말고 '삶'을 살았으면 좋겠다. 당신이 누군지 모르지만 어쨌든 살았으면 좋겠다. 특별한 이유가 아니라, 어째서인지 모르는 원초적인 감정 같은 것이다.

다르게 보는 사람이 되고 싶다. 평범한 일상에 새로운 가치를 입히는 사람. 두 가지 모습이 있다면 그 중에서 좋은 모습을 보는 사람. 같은 것을 보고 다른 생각을 하는 사람. 나와 다른 의견도 듣는 사람. 큰 일을 작게 보고 작은 일을 크게 보는 사람. 평범하지만 무엇보다 특별한 사람.

그리고 그것을 써내는 사람이 되고 싶다. 종이 위에 혹은 노트북

화면 위에. 써지는 글자는 춤추며 나를 보여주겠지. 다른 생각, 달라서 재미있는 생각을 그려내겠지. 그런 사람이 되기 위해 나는 오늘도 쓴다. 쓰고 또 쓴다.

가끔 심심하면 주변의 펜을 가지고 회오리를 그린다. 그리다 보면 완성된 회오리는 매번 다르다. 꽃 모양 같을 때도 있고, 구름 같을 때도 있고, 엉킨 털실 같을 때도 있다. 조금 전에도 연보라색 색연필로 회오리 그렸다. 색연필은 깎아 쓰는 것이다. 원래 36색이었다가 엄마가 밑줄 긋기 용도로 쓰면서 몇 개는 짧아져서 버렸다. 내 인생이 색연필과도 같다면, 무엇이든 그리고 싶다. 어린아이의 순수함이 묻어나는 낙서든, 위대한 거장의 작품이든 그리고 싶다. 하고 싶은 말도 없이, 그리고 싶은 무엇도 없이 묻혀지고 싶지 않다. 누군가 마음을 그려낼 수 있도록, 돕는 일을 하고 싶다. 그 도움을 통해 심이 짧아지더라도. 내가, 누군가가 그리고 싶은 것을 이루고 싶다.

이번에 그린 회오리는 꽃 같다. 꽃잎이 6개에, 안이 조금 더 진한 꽃. 데이지 같은 형태 말이다. 데이지는 하얀색 꽃잎에 노란색 수술을 가지고 있다. 노란색 수술 부분이 넓어서 만지면 부들부들하다. 이번 회오리도 그런 꽃이다. 연보라색 수술에 더 연한 보라색 꽃잎. 데이지는 꽃잎이 얇지만 회오리 꽃은 꽃잎이 둥그런 모양이다.

지금까지 나의 입으로 세상을 이야기했다. 경험, 이야기, 그 경험을 통하여 느낀 점. 앞으로는 이러이러하게 살고 싶다 또는 세상 사람들이 이렇게 살았으면 좋겠다. 이렇게 썼다. 이 책은 세상이라는 수면에 던지는 돌멩이다. 돌멩이가 크든, 작든, 수면에 던져진 돌멩이는 파동을 일으킨다. 이 책으로 세상에 파동을 일으키는 사람이 되고 싶다. 작은 파동이던, 큰 파동이던 상관 없다. 아무리 작은 파동이라도, 퍼지고 퍼지며 세상을 바꿀 수 있다. 내 돌멩이가 파동을 일으키기를 간절히 소망한다.